回首

匯智散文二十年選

陳德錦　編

匯智出版

謹以本書紀念
匯智出版成立二十周年

序言

陳德錦

今年是匯智出版有限公司成立二十周年，負責人羅國洪詢及可否編輯一本散文選集，以誌其事。我與國洪兄曾合編《文學・香港》，但那次是徵集，這次是選集，情況有點不同。在一定程度上，這部選集須反映作者的風格和出版者的視野。大家交換了意見後，很快就有了一份選文名單。國洪兄提議由我為所選文章各寫一篇賞析。能夠再讀一次諸位作者的創作，談談自己對散文的看法，多一點了解作者其人其文，當然很樂意執筆，也在此序文補充一下我的編後感。

散文是作者最直接展示個性的文體，無論我們對「個性」有怎樣不同的見解。大體而言，我們所思所感、所喜所憂、所憶懷所企望，都以獨特的情態結合，澱積成生命的底氣，當景物寓目、情志在心，賞物而自得，攄懷而成文；或沉吟獨白，或促膝絮語，或瑣碎或整練或峻悍或鋪揚，皆以「有我」為宗，透過心靈的濾息鏡，風格色彩便躍然於紙上。

這部選集的作者，雖大多生活在都市，卻常常省察都市的特質和局限，有時也會貼近大自然，聆聽其聲韻、動靜、氣

味。讀王良和的〈樹香〉、〈雨夜，螢火明滅〉，倍感香港僅餘的自然景觀之可貴。在劃一化的城市建設裏，不少作者看到更有人情味的一面。呂永佳在風暴中看見小人物的簡樸堅強的生活，黃秀蓮從修理手錶的攤子看見「小而不陋」的生計，又或麥華嵩在倥傯的交通行程中對「忙」和「閒」的獨特體會，讀來特別使人有潑面而來的親切感。

　　現代散文常能從「身邊瑣事」中表現深刻的道理。G. K. Chesterton 所謂的 tremendous trifles，在這選集中也處處可見。像〈挖野菜〉（王璞）、〈人鞋之間〉（吳淑鈿）、〈少小離家〉（朱少璋）、〈鐘樓〉（劉偉成）、〈地上地下〉（黎翠華）等，無論作者採用的是回憶、隨感、遊觀的筆調，總是繞着一事一物，藉以表露作者獨特的發現。這裏面儘管涵蓋了社會情態、個人歷練乃至生命的哲思，作者大多能以嶄新的角度審視和縷述，並不如某些散文那樣「懸空寫感觸」（張中行語）。但這也不能說這是我國散文或本地散文的特質，因為就是外國散文在抒情、敍事之外也有這一類「狀物」之作（余光中曾指出散文六個功能之一）。

　　散文的好處就是不用依恃「懸空」。看〈靜極〉（張善喻）、〈惜物．外物〉（鄺龑子），甚或〈看鯨記〉（麥樹堅）、〈美哉少年〉（潘步釗）等篇，無論要說明的道理怎樣微妙曲折，文章仍然有充實的內質，跟時下報章雜文，為滿足讀者的資訊飢渴而羼雜大量流行文獻，不可同日而語。當然，像選集內胡燕青、鄭鏡

明等作者比較傳統的寫人散文，在表露個人感觸之外更予人雋永之感。

　　回首一看，這二十年，香港社會已步入一個新的歷史階段，本地作者也以不同的書寫方式回應這轉變。散文作者對社會的回響往往不是直接的，而是常常通過內在省思和記憶中的人事顯現出來，卻又處處展示敏感的時代觸覺，閃耀着人生智慧的光芒。二十年，是一個作家由成長至成熟的恰當時間長度，假如讀者再去翻讀一下這十八位作者的個人文集，當有更多更大的收穫，也當有與我相似的感受。

2018 年 2 月

目錄

樹香

王良和

　　校園遍植花木，品種極多。樹蔭下散步，經常不見天日，彷彿走進了原始的森林。從前我很少留意周圍的植物。開花、結果、落葉，偶然一霎亦不過略為動心，不曾仔細觀察。但綠色的生命，常以特殊的香氣，招引過路的人。

　　新亞路的植物於我最是有情。通常在午後，有時連夜裏也是的，不管是否有風，一縷暗香在有無之間。路旁的杜鵑已經開過花了，僅一排喬木在盛夏的金陽裏挺着碧綠。樹香滲鼻，卻分不清來自馬尾松、細葉榕，還是木麻黃。近時不覺，遠時，那香氣分明清鮮。最匆忙的步伐都不禁停住，或者流連。不過是一縷若有若無的香氣，天地間最動人最震懾的美和力量，卻彷彿凝聚其內，透過嗅覺器官滲入我全身血脈。我是那樣真切地，感到宇宙間最微妙而不可思議的生命力，無處不在駐存於無垠的空間，靜靜擴散。

　　樹，不像天上的飛禽和地面的走獸，可以活脫脫的展翅奔騰，其活力表現在沉潛的靜默裏，輕易不讓凡眸察覺。那一縷暗香，是樹的無言語，輕喚過路的人嗎？時常，我駐足凝視，

面壁一樣面對着群樹。竊想每一株生命，表面局促於固定的泥土，實則舒展於垂直的空間，枝葉追逐風雲，根鬚探訪地心；而樹香，似無還有借一陣輕風，飄向那麼遙遠的國度，宛然天地中。

賞析

〈樹香〉曾先後收錄於王良和的散文集《秋水》和《山水之間》，是一篇寫得很精緻的短篇小品。酷愛大自然事物，從大自然事物領略宇宙各種創造的奧秘，是作者早期散文寫作的一個重點。文章開筆便以「原始的森林」來形容中文大學的校園樹木，再點出樹木特殊的香氣：「樹，不像天上的飛禽和地面的走獸，可以活脫脫的展翅奔騰，其活力表現在沉潛的靜默裏，輕易不讓凡眸察覺。那一縷暗香，是樹的無言語，輕喚過路人嗎？」

樹木本身有生命，卻因我們習見而忽視。作者不但指出了樹的獨特生態，也把樹木描述得栩栩如生，能以其香味吸引人類。把植物提高到與人類生命等同的看法有一點中國道家的思想，卻又寫得不落言詮，流轉自然，使人回味。

* 本文輯自王良和《山水之間》，頁 71-72。

雨夜，螢火明滅

王良和

還未進山，又下起雨。利安說，下雨沒關係，只是天不夠黑。

雨在傘頂滴滴答答的響。

下午打過電話給他，這樣的下雨天（整個月幾乎都在下雨），活動要不要延期？萬一山洪暴發……。

下雨沒關係，利安說。

我們在大埔墟火車站大堂，看見黑壓壓的一大群人，少說也有二十個，少男少女活力充沛，走過去問是不是看螢火蟲。回說，是的。我們正要鑽進去，又回說：你們是劉先生那一組，在那邊集合。那邊？那邊，只有一個人，白色燈光下黑黑的，樸樸實實。

人齊了，可以起程，利安說。環視我們的一團，只有六個人——我們一家四口，還有一對小情侶。如果我們決定改到另一團呢（其實我們已經改了一次，上星期六又是下雨天），利安今夜是一帶二了。那一團聲勢浩大，這一團，人少好照顧。我們都笑說我們是幸運團。

進山後，雨就停了。天還有點亮，不夠黑。利安熟練地撿起地上的果子，說這是「香仔」。他手掌心躺着一枚青色的、耳墜子似的梨形小果，果口裂開了。他說香港的「香」就源於眼前的香樹，從前香港出口這種香木呢。香果裏有兩粒種子，爆開後吊在外面；但他手上的一枚，已沒了種子，他又撿起另一枚，撕開果殼，教我們看裏面的種子——像藏在心中，等待成熟的鈴鐺；或者說，像舌頭，等待果口張開，吐出來，嘗嘗這夜、這雨的滋味。

我在地上撿起一個青色帶刺小蒺藜，問是甚麼；他說是楓香的果實。楓香，黃國彬的一本散文集，書名就叫《楓香》，他的新詩和散文，常寫到這種植物。哪一株才是楓香？他指了指地上的掌狀葉，然後叫我們找找，我們很快找到一株挺拔的樹，無數的手掌在微陰的天色裏，閃着濕漓漓的青光。

突然，利安的電筒照到些甚麼，招我們過去。

「長尾水青蛾，不是常常看到的。」

滿是落葉、落果的水溝中，躺着一隻碩大的蛾，右邊的翅膀失去了，左邊淡青的翅膀平展，後翅果然拖着長尾。蛾身是白色的，圓圓鈍鈍，頭上兩根白羽像兩根小型魚骨天線，寂寂的，再沒有甚麼可以接收——那是一隻死蛾。利安教導小孩，蝴蝶的觸角是幼長的，蛾的觸角短，像羽毛。他從背囊取出數碼攝影機，蹲在水溝邊，近距離拍了七、八張照片。我們也蹲

下來，圍着他，只見強光一閃一閃，咔嚓咔嚓，長尾水青蛾的殘軀就進入了他的機器，變成平面的形象，後現代的標本。我們以為他完成了工作，準備邁步前行，誰知他在地上撿了一片落葉，要把長尾水青蛾抄起來。突然，噢，長尾水青蛾震動殘軀，噠噠，噠噠噠；這時，我們才知道牠仍然活着。利安有點興奮，他丟掉葉子，用手指捏着長尾水青蛾的左翅，提了起來，放到路邊。他的手在半空中的時候，我看見長尾水青蛾顫動着，擔心他會把牠僅餘的翅膀弄斷。牠終於躺在地上了，離我們更近，利安又拍了幾張照片，銀光閃閃，咔嚓咔嚓，他指着青蛾翅上的複眼，教我們辨認。這時，青蛾醒了醒，在地上不斷抖動身體，單翅拍打着水泥地，噠噠，噠噠噠，噠噠噠，十分響亮。夜色開始濃稠，青蛾白色、滿佈粉末的身體，和黑夜對照得越加鮮明。為甚麼牠缺了一隻翅膀？妻子問。是下雨嗎？雨水打濕了牠的翅膀，飛不起來？利安說，下雨也有一點影響。然後，他又撿起一片落葉，想抄起青蛾，放回水溝。青蛾抖動身子拍翅掙扎着，打字一樣，那噠噠噠噠的聲音又打印在我的心裏。讓牠躺在這裏吧，我說。利安丟掉葉子，站起來。

公廁外有一塊地圖板，板的頂部像房蓋。利安用電筒照亮房蓋頂部內的暗角，叫我們往裏瞧，只見數十顆白色的「微型雞蛋」密密擠在一起。利安說，那是中國壁虎的卵。然後，他的電筒在房蓋間不斷掃射，照到兩三隻中國壁虎躲在不同的角落，

動也不動。利安不經意地說：「真不知那些小小的壁虎，怎樣生下那麼大的卵。」我問，那些卵是硬的還是軟的？他叫我用手去摸，我當然不摸。他在草地上照到一顆壁虎卵蛋，想是在房蓋上掉下的，叫我去撿；我還未俯身，一隻巨大的癩蛤蟆卻在草叢中蹦的跳了出來。女兒嚇得尖聲大叫，癩蛤蟆給她嚇死了，慌忙不擇路往石階上跳，碰到她的褲管，右腿胡亂抓撥，總算借了她褲管的力躍到階上的草叢。這時，又傳來女兒的尖聲大叫，黑夜的聲波電光，一定教那癩蟆感到後有追兵，或草木皆兵。我哈哈大笑，說癩蛤蟆給你嚇死了，真慘！

天已經全黑了，踏在鬆鬆的、濕濕的泥地上，聽到鞋被水與泥吸啜、又用力提起的響聲。我的手電筒照着前路，我說：小心，前面有石頭；我把手電筒往身後移，讓跟在後面的妻兒多一點亮光，我說：看見路嗎？不久，我們在溪邊停下來，在嘩嘩的水聲中，我們看到十多呎外的水邊，亮着幾點微弱的黃光。黃光顫抖着，好像有點冷，隨時熄滅的樣子。很快的，光點被巨大的黑暗吞噬了，我們把手電筒照向那裏，只看見暗樹和石頭，流動的，水的光影。可是不久，他們又在黑暗中，艱難地用光說着話了。螢火蟲，令我好像走進夢裏。夢裏，我聽到嗚嗚的，隨一陣風顫抖着浮過空氣中的淒涼的呼喚；然後，黑暗中升起一把聲音：蘭若寺就在前面了。嗚……嗚……。

媽，爸又扮鬼嚇人了。

這時我才知道，那些冰冷的聲音，就來自我的口中。

我們跟着利安，有時候，他的身影消失了；有時候，他的身影又在前面出現。看見他在前面，有一種說不出的親切感。他的手電筒比我們的亮一些。他有幾支手電筒，借了一支給我的兒子。兒子引領着母親和妹妹，我聽到他說：小心，前面有樹根；他把手電筒往身後移，讓跟在後面的母親和妹妹多一線亮光，他說：看見路嗎？抬頭望向天空，天空比樹林明亮一些，微紅的、暗藍的天色，好像誰的眼睛，在很高很高的天上，俯身窺看我們。

這是奇妙的，不知是眼鏡片沾了水氣有點迷濛，還是潮濕的林間升起了白霧，只見前面不遠處，偶然亮着一點一點的小黃燈，真的很小，豆一樣，在迷濛的世界裏，誰為我們提燈引路呢？那燈光穩定，只是搖搖欲墜，一會兒熄滅了，一會兒又顯現。我問妻子，你看見那些燈光嗎？有一點不真實。她說看見，真的有一點不真實，但那是真的。

走了一個多小時，我們來到橋上，利安說，這是終點了，再走，前面的路有點危險，這樣的雨夜。我們立在橋上，橋下一片深黑，水聲更響，我可以想像那神秘的、黑暗的潛流，正沖擊石頭與斷樹，滾着漩渦、白沫，瘋狂地咆哮。

小情人在橋頭拍照，閃光燈一閃，倏的銀光，像山中的閃電，我看見她的臉，蒼白的，乍現又消隱，變成陰暗的輪廓。

不遠處的樹間，掛着幾點微弱的光，好像要熄滅了，卻又勉強亮着，一閃一閃，生命的燈。利安靜靜地走到樹邊，手掌一掃，便抓住了一隻螢火蟲，放在小小的玻璃瓶裏。他叫我們過去，用手電筒照着瓶子裏的螢火蟲。玻璃瓶裏是一隻背面黑色，前胸橙黃色，觸鬚呈絲狀的小蟲。他說，這是雌的。我們問怎樣分。他說螢火蟲的發光器通常在腹部的第六或第七節，雌蟲只有一節會發光，雄蟲則有兩節。眼前的螢火蟲，腹部有一節是白色的。利安移開手電筒，我看見玻璃瓶中的小精靈，在黑暗的世界裏，為自己亮着一點黃燈，他並不知道生死、自由與幽囚。我彷彿聽到他說：我在，我的燈，也在。

後來我們下山了，步履變得輕盈，路，我們走過，少了一些神秘感，也少了一些壓迫感。我們以為活動已經結束，誰知利安指着地面的一點藍光說，那也是螢火蟲。甚麼？地上的藍光也是螢火蟲？我們蹲下來，看見一條黑蟲，尾部閃着幽藍的星光。利安說，那是螢火蟲的幼蟲。紐西蘭有一個螢火蟲洞，洞頂密密麻麻都是螢火蟲的藍光，就像星空，很美很美。我站起來，想像這夜晚，滿天星斗。

又下雨了。

利安引領我們轉到左邊的路，路越走越寬，原來我們來到了蓄水池邊。利安的手電筒在鐵欄杆上掃來掃去，為我們找尋斑腿泛樹蛙。沒有。他來回掃射了兩次。沒有。後來他在水

池對面的石壁照到一隻，樹蛙被光一照，就跳到水裏了。利安說，樹蛙的腳比較長，趾頭圓，有吸盤，和常見的水蛙不同，小孩子要記住呢。利安，謝謝你。

好多螢火蟲呀！女兒驚叫。

右邊的路，樹影森森，浮光熒熒，卻交雜人語笑聲。直到樹木退盡，樹後的人就現身了——頸上、手腕上、腳上，戴着一個一個大大小小的螢光圈，黃的、紅的、紫的、綠的，熱鬧地在雨夜中飛翔。一個小女孩，脖子戴着螢光圈，手裏提着一盞燈，不，是一座明亮的燈屋，另一隻手拖住她的媽媽，走在我們前面。她就這樣，把人間一座美麗明亮的房子提在手裏。他們像我們一樣，已經看過螢火蟲了，從螢火蟲那裏借來許多燈光，照得出山的路亮亮的，熱熱鬧鬧的。在這些亮光中，我彷彿聽到兒子說：小心，前面有石頭。看見路嗎？而我們的手電筒已經熄滅了。

出山後一個朋友告訴我，一九五五年八月八日，松仔園石澗一次山洪暴發，把橋下旅行的學生二十多人沖走，溺斃。此後這裏常常鬧鬼。橋，因名「猛鬼橋」。但那夜太黑，直到現在我仍不知道，我們在旅程的終點徘徊其上的，是否就是「猛鬼橋」。

賞析

　　王良和的〈雨夜，螢火明滅〉可與〈樹香〉並讀，都是關於大自然生命力的佳作。不過這篇散文重點放在昆蟲而不是樹木上，文題概括了作者一次隨嚮導進山看螢火的經過。

　　香港郊野不多，但還保留了一些自然景致。作者記述進山時不忘以大自然環境作為鋪墊，讓讀者彷彿也可體會雨中尋幽探勝的感覺。最先他看見香木，又看見長尾大青蛾、中國壁虎等物，到天黑了，螢火幽幽出現，把進山看螢的過程推到高潮，作者以詩人之筆寫從遠處看螢：「我們看到十多呎外的水邊，亮着幾點微弱的黃光。黃光顫抖着，好像有點冷，隨時熄滅的樣子。很快的，光點被巨大的黑暗吞噬了，我們把手電筒照向那裏，只看見暗樹和石頭，流動的，水的光影。可是不久，他們又在黑暗中，艱難地用光說着話了。」

　　被捕捉的螢火蟲，叫作者想到「生死、自由與幽囚」，而當螢火蟲被捕獲時，作者從近處看，卻是另一番光景：「玻璃瓶中的小精靈，在黑暗的世界裏，為自己亮着一點黃燈」。

　　看過螢火，作者隨嚮導下山。讀者也許認為再無可觀了。豈料文勢未止，地上出現藍色的螢光，又是別樣奇

景！作者更以「猛鬼橋」勾起讀者的驚悚，可謂妙筆。

* 本文輯自王良和《魚話》，頁 110-119。

挖野菜

王璞

　　這裏說的野菜不是日語中的「野菜」，也不是眼下在上海、深圳的餐館中大行其市的野菜。日語中的野菜其實就是中文裏的蔬菜；而餐館裏用來標榜特點的那種涼拌野菜，蒓菜湯，顯然是成批量人工栽種的，像豬馬牛等家畜一樣進入了人類的家園，不然怎麼會日日保證供應呢？香港菜市場現在也能見到馬蘭頭和薺菜了，標價驚人，不過我還是懷疑它們的來源，因為它們太整齊好看了。

　　我這樣說，是因為我挖過野菜。真正的野菜。

　　我知道挖野菜一點也不比種菜容易，其艱難之處不在挖，而在尋找，以及分辨哪些是能吃的，哪些是不能吃的。不能吃不止是因為難吃，主要是害怕它有毒。在我挖野菜的年代，就親眼見過不止一次吃野菜中毒事件。輕則上吐下瀉，重則死亡。所以在那些野菜是我們餐桌上唯一蔬菜的年月，母親特別慶幸她經歷這麼多劫難還保存了一片銀調匙，真有先見之明！每次炒野菜，她都把銀調匙在野菜中拌幾下，好危險，有幾次銀調匙都變了色，說明那野菜有毒。

所以人工種植的蔬菜如能供應充足，大家是不會想到去挖野菜的。至少在天寒地凍的北方是如此。

　　一九五八年我家剛到大興安嶺時，那裏的生活條件還頗為優裕。林業局機關食堂的菜牌，是一塊寬兩米、長一米的大黑板，每餐飯都寫得滿滿的。漸漸地就不行了，一年之後，乾脆就把它作廢。因為食堂供應的飯菜一目了然，就那麼一兩種，而且定了量。在這種情況下，可想而知，青菜是絕對吃不到的。我童年時代記憶最為深刻的一次郊遊，是在一個陽光燦爛的日子，父母領着我們長途跋涉來到一處菜園，我們驚訝地發現，那兒果如傳說所言，長了一些西紅柿和黃瓜。我記得，經過長久的討價還價，我們每個孩子手裏終於拿到了一段黃瓜和一個西紅柿。那是我這輩子吃到的最好吃的東西之一，我清楚地記得它們的價錢，因為一路上母親在感嘆：三塊錢一條瓜！五塊錢一斤西紅柿！

　　現在回想起來怎麼也想不通的是：雖然是困難年代，土地不是還在長東西嗎？為何在夏天也看不到青菜？為何遠近只有那麼一塊地是菜園？菜園主人那詭譎傲慢的神色，一直都和西紅柿的美味一道在心中長存。總而言之，在那些年月，假如希望餐桌上出現綠色，唯有一法：挖野菜。

　　挖野菜的日子是難忘的日子。不僅因為那是美味佳餚的前奏，更因為自己也為那美味佳餚出了一分力。母親早早就為我

準備了小筐小鏟，還到鄰居家拿來了樣品給我辨認，哪一種最好吃，哪一種最好找，哪一種最易與哪一種毒草混淆，還再三叮囑：「我們家跟別人家不一樣，不缺糧食，所以挖不到不要緊，要緊的是別挖錯了。」

歲月也許總是會淘去往事的泥沙，只保留那些詩意的部分。在挖野菜的記憶中，我一想，就想起綠草地，藍天空，白雲彩，以及在一片草叢找到一棵野菜時的歡欣。一串串這樣的歡欣時刻串在一起，點綴了我的陰暗童年。所以後來長大成人，在大學讀書，有一天我和室友都心情不好，我就拉了她一起去校園挖野菜。我們挖了整整一下午，到傍晚回宿舍的時候，果然，我們都變得十分快樂了。尤其是在把挖到的馬蘭頭作成一盤綠瑩瑩的菜，請同學來品嘗時，我們簡直都認為自己是幸福的人了。

當年，母親把我挖來的野菜炒好端上桌時，那種開心得意的感覺又回來了。當父親夾起一塊野菜，讚一句「好極了！」時，他是絕對想不到我心裏這份滿足的。那時候，我真想告訴他，我很能幹，他和母親將來可以指望我。

可我從來沒把這話說出口，也從來沒對人說過我八、九歲時挖野菜的感覺。即使是在和大學室友一道在校園裏挖馬蘭頭的時候，更不要說在深圳食府吃涼拌野菜的時候了。也不是葉聖陶、周作人散文裏故鄉野菜的那種情調。有的時候午夜夢

迴，我心裏會出現那樣一幅幅畫面，一片開闊的青草地，一大群人，拉拉雜雜走了過來。有婦女有兒童，人人都挎着籃子，拿着鏟子。陽光照在她們臉上，使她們看上去個個都興致勃勃，好像前方等待她們的是無限美好的生活。但是，只要我一睜開眼，夢境就消失了，眼前是一片深不見底的黑夜，於是夢中那幅圖變了色變了形。我看見人群中的我自己，臉上一無笑容，反而有和年紀不相稱的焦慮，害怕不合群，害怕和大家走失，害怕……害怕的往往是一些説都説不清楚的東西，總之，這時候我便知道，在挖野菜的年月，生活在我眼裏已不是抒情散文，更不是詩。

挖野菜就是挖野菜。

　　散文的魅力之一，在於讀者能直接傾聽作者的心聲，而作者也能夠不加修飾娓娓而談，把生活的種種感受袒露於紙上。郁達夫曾指出散文是最能表現個性的文學體裁，〈挖野菜〉是這樣一篇能表現個性的散文。

　　作者是小説家，她記敍挖野菜的故事，就十分着眼時間、地點、人物等小説特點。挖野菜的地點是大興安嶺，時間是一九五八年（內地經濟吃緊之時），而作者是與一群孩子拿着小筐小鏟、按着父母的指示到菜園去挖。挖野菜

成為鮮活的記憶。

　　作者的經驗明顯是苦中有樂。挖野菜不但是辛勞的工作，有時還挖到毒菜，但辛勞的成果是喚起快樂的回憶：「在挖野菜的記憶中，我一想，就想起綠草地，藍天空，白雲彩，以及在一片草叢找到一棵野菜的歡欣。」

　　這篇散文也有多樣的散文特質：明快的筆調、記敍中加插解說文字，可見在散文中抒情絕對不限於只運用抒情的方式。

* 本文輯自王璞《小屋大夢》，頁 20-24。

少小離家

朱少璋

南山卜宅愧詩人，筆底風流認未真。

薄恨黃花難入句，一簾秋色嫁東鄰。

「家」實在是個有趣的名詞。

　　不知打從何時開始，「家」便與男人扯上密切的關係。成年男子要成「家」立室，丈夫是一「家」之主；男兒志在四方，四海為「家」是豪邁男兒的注腳……在香港，為了要「成家」，就得付上負資產的代價，而一家之主往往是菲籍女傭。四海給填平了，無家可歸。像我這樣的一個男人，只能每月把所有的薪金轉付供房子的利息。每天黃昏後在無盡的「增值」壓榨下，馱着一身倦意去擠公車。站在家門口，我真的倦得快要倒下去了。

　　回家似乎是生活中不可缺少的「活動」，當踏出家門的第一步，就等同許下了「回家」的承諾。每個人都像一枚回力鏢，給擲到老遠的地方去，然後又「颼、颼、颼」的飛回家，無須繫線牽引，不用電控導航，只憑那一彎弧度，在樂與怒的兩個表情中迅疾迴翔。我的迴翔路線是泛九龍塘淺水、突大圍碉堡、過

沙田阡陌、冒火炭炙熱；然後出大學之門、趁大埔及太和兩墟市；再越粉嶺，最後倏地沒入上水；一列長長的火車像還珠樓主筆下劍仙的紫郢青索，應聲回鞘。

我曾站在家門外想：一門之隔，裏頭就是所謂的「家」，就是為了要關上這扇門，我和嘉瑩費盡心力，艱苦經營，才能勉強在這偏遠的天平山下建立屬於我們的「家」。就是為了要關上這扇門，就是為了要成為門內的人，無論我們跑到多遠，也一定要回來吃飯睡覺。這扇門的一開一合，也真的有點不可思議的力量。

「憑欄」為騷人墨客平添了幾許清愁，「倚閭」則為古往今來的遊子抹上重重的遠人別恨，「回家」就成為人生與文學的不朽課題：相傳晉時蘇伯玉出使在蜀，久不回家，其妻思念已極，在一圓盤中作回文詩，取其盤旋回環之意，以表達纏綿婉轉的思夫感情，蘇伯玉讀後即感悟回家。蘇妻大概明白「回力」之理，向丈夫略示方向，那枚飛得老遠的回力鏢還是物歸原「家」。其實每個家都是一個圓盤，當中的情和事交織成蘇妻筆下的璇璣詩句，有誰不受感動，又有誰不願回家呢？看粵劇《紫釵記》，說李益從雁門關返長安，盧太尉硬接他過府，還問李益欲返何家；李益答：「隴西是母家，長安是妻家……」多幸福的人。這隻沙場血雁，擔着一身花愁酒債，踽踽還鄉，竟還有待在隴西和長安的兩個家，家中還有倚閭的慈母與嬌妻——兩個

對男人最重要的女性，在延頸盼望。「望兒」的連繫是無形的臍帶，血脈相連；「望夫」的情結是月老的紅絲，縈夢牽魂，盧太尉設下的溫柔鄉敵不過李益的「母家」與「妻家」。詩人說「少小離家老大回」，竟至兒童不相識，問客從何處來。回歸的歲月竟與哈雷彗星的回歸歷程同樣漫長，回家的老人也像彗星回歸時一樣，拖着一頭給歲月梳理成的銀髮，陶潛說「鳥倦飛而知還」，原來回家的人都既老且倦……

我坐在辦公室內不斷「增值」的時候，太陽已悄悄落下了，辦公室長垂的百葉簾把歲月摒之於外，室內依舊燈火通明，在電腦前工作的我竟爾忘卻人間何世。忽然瞥見鍵盤右上方的一枚鍵鈕，分明寫上「HOME」字，登時覺得自己又老了一天，倦意霎時襲來。我放下滑鼠，關上了電腦，透過百葉簾的簾縫向外望，已是夜色深深；既老且倦，正是回家的時候了，更何況在黑夜中，家中那枚等候歸人的燈泡，一定會更亮的了。

賞析

「少小離家老大回」，不知有多少詩歌詠及「家」的可親，也不知有多少文章談論人和「家」深刻的情感關係。作者開篇即輕巧地交代了「家」的概念，點出了每個人必定有一個「家」，進而形象地刻劃他下班後「歸家心切」之情，把離家和回家比喻為回力鏢，上班下班，按着一定的「迴翔

路線」，由九龍塘返回上水的家中。就在那具體的家門前，他抒發了對家的感情：「就是為了要關上這扇門，就是為了要成為門內的人，無論我們跑到多遠，也一定要回來吃飯睡覺。這扇門的一開一合，也真的有點不可思議的力量。」

作者學問廣博，不免也引用典故來引證「家」對人的無比牽引力：蘇伯玉妻子用回文詩感召丈夫、李益思念妻母寧棄大好功名……歷史和人生的種種歸家情狀，都似為文章結末所說，作者因工作「把歲月摒之於外」或「忘卻人間何世」的情況互為註腳。作者不忘一再扣題：「少小離家老大回」，那離家時年少、回家時感到衰老的感覺躍然紙上，頗堪回味：「忽然瞥見鍵盤上右上方的一枚鍵鈕，分明寫上『HOME』字，登時覺得自己又老了一天，倦意霎時襲來。我放下滑鼠，關上了電腦，透過百葉簾的簾縫向外望，已是夜色深深……」

* 本文輯自朱少璋《灰闌記》，頁 79-82。

驚燕

朱少璋

《中國工藝美術詞典》對「驚燕」的解釋是：「用於兩色的、比較寬的畫軸上。早先的驚燕帶是一頭固定、一頭活動的飄帶，隨風飄動，拂蟲驚燕。後來逐漸把它固定在畫軸上，以作裝飾。驚燕帶一般用與天地頭同花紋的綾子，顏色與框檔顏色相同。……」詞典定義文辭生硬，不忍卒讀。再翻梁紹壬《兩般秋雨盦隨筆》的「驚燕」條：「凡畫軸裝裱既成，以紙二條附於上，若垂帶然，名曰驚燕。其紙條古人不粘，因恐燕泥點汙，故使因風飛動以恐之也」；是轉錄高士奇《天祿識餘》的說法，讀起來倒覺多一分書卷雅氣，文辭靈動，愜意多了。

「驚燕帶」由本來的「不粘」變成後來「漸把它固定在畫軸上」，不知是進步還是退步。「驚燕帶」的「不粘」本有實用價值：「因恐燕泥點汙，故使因風飛動以恐之也」；一旦把紙帶粘牢在畫軸上，則只餘下「裝飾」的作用了。

文學藝術一旦成為文化的「裝飾」，就大概注定是死路一條。藝術如此，文學如此，詩歌也是如此。都說「文學中生活」、「生活中文學」，文學本來就是「畫軸製裱既成，以紙二條

附於上」的「驚燕」，因風拂動自有生氣，粘牢固定了的不是「驚燕」而是強說「裝飾」的一對蛇足。說現在是無燕可驚的年代也許是事實，但蚊蠅蜂蝶也不見得全數絕種，紙帶既有驚燕的能力，要「驚」一下蚊蠅蜂蝶也似乎不是難事。儒家詩學詩教講興觀群怨，又說遠可以事君近可以事父，起碼可以多識鳥獸蟲魚之名；論調看似是老掉了大牙，但道理卻非常實在。二〇〇六年在國際漢學界具知名度的德國漢學家顧彬，接受德國權威媒體「德國之聲」訪問時，提出「中國當代文學是垃圾」的看法，所謂「垃圾」——沒有「驚燕」能力的「紙條」，也許都可以算是垃圾。

　　清初的著名遺民詩人吳梅村集鄉中士紳名人在鴛湖論詩，各人先後吟詩論句，好不熱鬧，忽有家員入報，說門外有人投束，說明是給吳梅村的，吳氏翻開束帖一看，原來是一通詩束，上有一首七律：

> 十郡名賢請自思，座中若個是男兒？
> 鼎湖難挽龍鬚日，鴛水爭持牛耳時，
> 哭盡冬青徒有淚，歌殘凝碧竟無詩，
> 故陵麥飯誰澆取，贏得空堂酒滿巵。

含意是指吳氏一干人等，毫無男子氣概，明亡時無法為國出力，明亡後在鴛湖論詩談賦，置國仇家恨於不顧。吳氏看詩

後，傳示眾士紳，無不頹然色變，汗顏無地。曼殊的《燕子龕隨筆》說投束者是澹歸和尚，只是那首大義凜然的七律在澹歸的集中卻找不到，雖未知是真是假，但這首詩確是擲地有聲，驚燕，是有餘的了。花蕊夫人寫的一首詩也很能「驚燕」：

> 君王城上豎降旗，妾在深宮哪得知。
> 十四萬人齊解甲，竟無一個是男兒。

那是宋太祖自討沒趣，殺了孟昶還要問這位前朝夫人為何亡國。花蕊夫人四句詩二十八個字，給十四萬不戰而降的亡國奴狠狠打了一記耳光。

文學作品是裱貼在文化畫軸天頭上的驚燕帶，輕輕飄動是驚燕而不必驚人或驚心。驚燕尤不同於滅蟲，筆筆置人於死地是惡煞凶神；魯迅文章固然寫得好，只是罵人太多太直太狠太露反由驚燕變成了鳴鑼喝道的衙役捕快。驚燕帶隨風輕拂言談微中才是魏晉名士清談時揮動的麈尾。大抵是舊時王謝堂前的燕子都飛入了尋常百姓家去了，烏衣巷口夕陽斜照，王謝堂上掛着的畫軸不必驚燕也實在無燕可驚，朱雀橋邊野卉叢中一隻蝴蝶飛到殘舊的畫軸上，不偏不倚正落在那條給粘牢了的驚燕帶上，蝴蝶翅膀在晚風中微微顫動，竟然為整幅殘畫帶來了唯一的生氣。

　　文學創作要有感染力，個別作品甚至具有直接或間接的警世效果。作者在〈驚燕〉這篇散文裏考證字畫裝裱的一個小環節外，談及文學藝術的作用，顯然是要揭櫫這個文學效果的重要意義。假如說當今字畫中的「驚燕」已失去原先的作用（驅走昆蟲、雀鳥），那麼作者所關心的正是文學創作失去了警惕世俗的作用，或其作用不彰以至成為一種裝飾。作者特別提到文學是文化重要的一環，也許就是文化的縮影或符徵。文學與文化有千絲萬縷的關連，不能只扮演附庸角色，而是以其直接、普及化、形象性的特質來批評文化現象，從而成為文化的實質。就作者所引用的兩首古典詩為例，文學至少具有諷刺作用。諷刺就是誇大事實而使聽者領悟真相，又不失婉轉流麗，符合藝術的品質。

　　〈驚燕〉可說是一篇「學者散文」。「學者散文」大多表現了相當程度的學識，不過，同「炫學」還是兩回事。「炫學」是賣弄學識，文章內容可能與學識脫節，以至缺乏深情，難以在讀者心裏留下深刻印象。另一方面，散文作品所表現的學識也可由多番的體會和印證而來，學問能得情感輔翼，由可信變得可感了。以文論文的〈驚燕〉，辭采精拔，引例確切，體現了「學者散文」的一大特色。

* 本文輯自朱少璋《隱指》，頁 84-88。

沒有彼岸的橋

吳淑鈿

一個秋風颯爽的日子，我又來到了海邊，翻過石欄，爬下橋頭，走到海水中間。這一道橋，其實只是一條長而平坦的堤壩，以前這裏的人，一直都叫它作長命橋，卻不知多少年沒有聽人提起這個名字了，大概長命已不再那麼值得欣喜，又或者新建的虹橋取代了它在人們心中的位置，更何況它根本不曾發生過橋的效用。

橋是從半島岸邊垂直地向海中伸出去的，就止在二百多公尺的對開處，所以永遠都到不了彼岸，所謂目的於是不過是回到了起點而已。我每次總是慢慢地走着，雖然橋的那一端也常有好幾個人在釣魚，可能他們來得早，所以我可從未在橋上遇過「狹路相逢」的事，也從未算過要多久才能走完來回的一趟，當然我知道我比小時候走得慢多了。第一次踏上這道橋，是與一班小同伴抱着探險之心而來，走得很快，因為怕，希望快快走完，總覺得橋像越走越狹窄似的，把這感受告訴同伴們，竟引來哄然的嘲笑，男同學為了表示橋真的不窄和他們真的勇敢，就翻上了原來推着的腳踏車，在我身邊刷地飛越過去，這

下可把我嚇得幾乎擠到橋下去了，尖叫笑罵的童音在缺乏車聲浪聲的全然寂靜中單調地響着。那時候，小城就是一個單調的地方。

可是現在我每次上橋，仍有着同一的感覺，雖然明知這只是一種錯覺，但走着走着總覺前路越窄越窄，每次都警惕自己要小心走完前面更窄的一段，因為這一種警覺性，開始時的悠然便要到走盡了橋才能恢復。

到了橋端，一條更長的亂石堆成的堤壩與海岸平行地向左方伸展過去，一直伸到半島的末端，釣魚人便是坐在這些石頭之間。我在石間跳越着，走了一段距離，然後挑了一塊較大而平的坐下。走這一段路是一種很好的經驗，因為必須專注，否則滑到了那一邊都只好下水去，每次走到這裏，市塵的悵惘都紛然脫落；我想起日本皇宮或古廟前的那些小石灘，據說走過這些石灘，心頭的俗慮便可清除而重新歸於寧靜。人們從寂靜而設法讓世界熱鬧起來，又設法從繁囂回到本來的寧靜，兩者都需要一些手段，走亂石堆成的路大概是人類自製的矛盾之一，用的是最原始的手段。

坐在石上，我選擇了一個面向海口的位置，前面的那一片海，一直是我情之所繫。廣闊的水面，除了十分晴朗的日子外，永遠是水天相連；遠處的那些小島，多數的時候都是「飄」在雲霧之間的，每當早晨霞光披露，古老的漁船成群揚帆出海

作業，便有一股走向蓬萊的浩蕩。這裏從來沒有大郵船，也沒有吵耳的飛機劃破長空，最繁忙的只是不時自波神身上射入射出的水翼船而已，此外，游移的盡是白雲蒼狗，互古不變的是毗連的天水，而變幻的是浮雲。浮雲是甚麼？是富貴是將來是未知數是一九九九？是生活是歷史是中國？朦朧的界線之間，是數百年前徐徐駛入的葡萄牙商船，炎黃子孫之間於是升起了一些蒼白，松山加比利牛斯山，等於一個曖昧的歷史問答題。

　　風緩緩的吹來，過慣了山上風狂或霧多的日子，對於秋天的乾爽清新，格外鍾意。轉一個身，回首小城，岸邊這一帶從前只有蒼綠的老榕樹，緊緊地鎖着海岸的兩邊，然而當我去了又再回來，土地間已冒起了重重疊疊的建築，酒店大橋大學賽馬車場甚至工展，彈丸之地儼然現代化了，格蘭披士的怒吼龍舟的吆喝馬拉松的歡呼使這四平方公里不再寂寞。但儘管如此，日子仍單調，年青人還是交換着幾時出去的消息，街頭還是躑躅着無處可去的新移民。於是我驀然發覺，小城沒有花！街頭老樹縱多，公園也有些草地，但除了零落的幾朵，我未見過花團錦簇，一切都是冷冷淡淡，沒有色，沒有香。

　　潮水漲起了一些，腳下的水自古以來便是泥黃，當我看過黃河，觸過長江之後，我驚訝地發現，它們竟然比不上眼前這一片渾濁的近乎荒涼的美，原來所謂偉大也要在情感的三合土上才能建築得起來。

向着唯一的岸走去，我自海上歸來。黃黃的海水沒有賦我任何的魚獲，卻遺我以更大的肺活量，和粗壯的膽識，於是來時的路上不再越走越窄，由始至終都可以是一派氣定神閒。

攀上了石欄後，我知道其實我是登上了另一個岸邊。

賞析

作者吳淑鈿生長於澳門，〈沒有彼岸的橋〉是指澳門外港一道數百尺、伸向海面、形狀似橋的堤壩，有防波作用。「橋」本來不是橋，因此作者説「不曾發生過橋的效用」。在這道不會通向另一個岸頭的「橋」上，卻成為作者一道情感的橋，不但讓她回溯種種往事，更從過去探向現在，為自己立足於斯、面對現實的變化，產生無限的感嘆。

文章最先指出「橋」之名實，再以小時故事敍起，點出走在「橋」上「總覺前路越窄越窄」的心情，然後回到眼前景物——那訓練出作者專注力的堤壩上的亂石。至此，「市塵的悵惘都紛然脱落」，心境回歸寧靜。於是，她得以回想自己的出生地幾百年來的變幻，以及那種度假小城的單調生活。

在文章的結尾，作者表達了一種看似矛盾的感情：「潮水漲起了一些，腳下的水自古以來便是泥黃，當我看過黃河，觸過長江之後，我驚訝地發現，它們竟然比不上眼前

這一片渾濁的近乎荒涼的美，原來所謂偉大也要在情感的三合土上才能建築得起來。」

讀者也許漸漸明白，作者要塑造一種人類與生俱來的情感，就是人與土地彼此建立的不可名狀的深厚關係。這關係能給人以智慧和生活的能量。有了這智慧，就不會受困於那越走越窄的橋，更可反思自身。

這篇文章寫景如在目前，抒情味濃，而又思路井然，帶着深刻的生命考量，總體上能給人深刻的經驗。能將現實和象徵交融，可作一首散文詩讀。

* 本文輯自吳淑鈿《書窗內外》，頁 111-114。

人鞋之間

吳淑鈿

　　恆常總有一些話題，一旦觸及，便老與相識者爭論不休。於是發現，人鞋之間的關係可以深沉渺遠。

　　與我意見相左的人，浩嘆永遠買不到一雙稱心的鞋。生活中長期的心理障礙之一，竟是見不得旁人腳上美麗的鸞靴。抱怨的理由，是世上好看的鞋子縱然不少，但買時合腳穿上後一直舒適全無窒礙的則絕無僅有；通常是買時大致滿意了，到得穿了新鞋上路去，卻不是鞋頭太緊便是鞋身太窄或太寬，抑鞋跟太硬劃破了皮，於是乎這便不是一雙好鞋，棄之不足惜。堅持好鞋是一穿上腳便應永遠舒適的真理。我的理論則是任何好鞋都有一個程度上的磨合階段。基本態度是先走短路，前頂後刮與否視乎鞋的質量，質優者，一次半次，人鞋便能相安。沒有比穿上一雙舊鞋更惬意的了。這不是鞋的始終完美與否的問題，而是人之不同，各如其腳，而世上沒有千篇一律的腳。除非你有一個高貴的私人造鞋師。到底是鞋的問題還是腳的問題，本末昭然。但平日學問做得高深的人，不一定明白這尋常道理；大抵不是不明白，是不願明白，讓心理上的小小遺憾成

為生活中一個可宣洩的缺口。

我卻多心地總把別人處理人鞋關係的方式，放大到人生態度上來。不肯付出一點點去與鞋相處的人，必然是個不肯培養友情的人，難免孤獨。

但擁有其鞋數千的某國過氣貴婦又絕非愛人如己的人，且落得個成為舉世嘲諷的笑柄的下場，可見我的推論也未必站得住腳。

無論如何，鞋道固然有別於茶道，但亦自有一番可窺的東西在其中。人說兄弟如手足，夫妻如衣服。哪鞋是甚麼呢？晉文公悼介之推隱死不仕，望屐日嘆：「悲夫！足下。」鞋與朋友的深遠文化關係原來早就建立起來了。民間舊俗以鞋子一雙喻夫婦和諧，取其聲義，放諸友情世界，看來也未嘗不可。推而廣之，鞋更可以是社會心理學的一個特殊課題，具鮮明象徵意義。幾曾見過重衣者不重履？不同民族不同風尚的地區，鞋固然是文化表徵之一。還是不久之前，我們大多數的同胞尚只能足蹬清一式廉價塑料涼鞋或破布鞋行萬里路，如今生活指數的提高，可見諸有款有型的美觀皮鞋了。遠方朋友說應徵當售貨員，公司授予認知具購買能力的顧客秘技，竟是眼要長在腳上，由鞋觀人，據說萬不失一。人不可貌相，但可貌鞋。

當年平原君使者訪楚，刻意將簪劍飾滿珠玉，要誇耀富貴。至春申君門下，卻低頭一看，見三千門客中，上客盡是人

皆珠履，大慚，才謙遜起來。相對布衣麻鞋一族，公子們要一較門戶高下，都必得在腳上顯顏色。可見足之所繫，人心存焉，古今一樣，弔詭的，是鞋的身世也有窮通變泰。數十年前，我與運動後的朋友進入市內高級酒店，會被拒諸門外；在球鞋也講求名貴品牌的當今之世，這種事情自然不可能再發生了。

每人都有自己的鞋上情意結。小時候社會一般樸素，買鞋難得。買新鞋是春節頭等大事，幸運的話，新年可穿到新鞋子，否則若「故」鞋折舊率不高，腳板又不「長進」的話，便只好仍穿舊的，待來年再買。若腳板大了而鞋子尚好，便輪到妹妹們倒霉接力，反正衣服鞋襪都是代代相傳；一切要新的，除非你是老大。學校附近有幾家賣鞋的小店，也兼營補鞋的，每天門前總堆放着小山般待修補的破鞋，永遠生意滔滔。補鞋匠年年月月的架着老花眼鏡，坐在一座又笨又髒的鞋車前，拉拉扯扯，軋軋縫縫，換前掌貼後踭的，鞋子於是又結實地起碼可以再走一年半載了。那手藝其實很複雜可觀，有時會吸引住我們這些放學的小孩駐足一陣。當然，回頭看去，現在我又覺得，吸引我們的，還有老花鏡後的專注眼神，飽蘸着一股理所當然的安分與樸拙。

補鞋匠是從前的街頭風景圖，懷舊電影裏的經典符號，與今天地鐵站內的專業服務店不可同日而語。只有光顧過街頭補

鞋匠的人，對鞋的感覺才會完整。那裏另一家小店，門邊經年掛着幾大串顏色鮮豔的木屐，一塊塊彩色透明的塑膠片釘在髹漆的同色木屐底上，在斜坡路上成為唯一招展的斑斕。天天上學，遠遠便瞧見這閃亮的花樹。無法記憶我是否曾擁有一雙小木屐，小樓梯間各各的登音似有還無，或許有一些蹬着紅綠或黃藍敲過的無知歲月的，我想。此外最踏實和最人間的，關於自家鞋的生命史，該數回力牌白帆布鞋了。整整三年的高中，我們一群白裙紅腰帶的女孩，都愛踏一雙這樣的布鞋上學去，好等一下課便奔馳於球場之上。每個星期天，我都會將洗乾淨了的白布鞋，塗上一層粉白的鞋水，讓它理直氣壯地光鮮一番。鞋水刺鼻難聞，我如今用力深深吸索一下，仍可以嗅到那種惡劣的味道。軟軟薄薄的粗布鞋，一直滑向青春無垠的曠野。

所以對於鞋，我是可以妥協的。在不破損吾足的情況下，我會讓它慢慢適應自己。只需付出一點時間和耐心，便人鞋兩安。繁華的物質世界中，我尤好賞心觀鞋。但我從不購買花巧時尚的款式，只鍾情最樸素最簡單的優質好鞋。又常常覺得世上沒有比小小的童鞋更美麗的東西了，裹住幼嫩的小腳丫，誰知道這小腳長大後會走怎樣的人生路呢？每一雙小鞋都盛載着一個生命的奧秘。

也因此這些年流行的越來越涼快的涼鞋，令人有世道荒涼之感。穿涼鞋當然可免於前頂後刮了，可是讓坦蕩蕩的十隻

腳趾霸氣地代鞋們說話，講究含蓄蘊藉的古典心靈可會若有所失？

最喜歡的一個關於鞋的典故，是《晉書》中阮孚愛屐而悠閒自嘆：「未知一生當著幾量屐？」同是物累，便把愛財的祖約比下去了。本來只是風雅境界的高下體認，山谷老人順筆拈來，竟代猩猩寫慨：「平生幾兩屐，身後五車書。」因鞋之名，我看到了人生實苦短。

賞析

在〈不老的繆思：序散文選《提燈者》〉中，余光中曾指出散文的六個功能——抒情、說理、表意、敘事、寫景、狀物。假如說〈沒有彼岸的橋〉是現實和象徵的交融，吳淑鈿這篇〈人鞋之間〉就兼有說理、表意和狀物三種特質。說理是闡述道理；表意是表達情意，是「捕捉情理之間的那份情趣、理趣、意趣」；道理有必然的說服力，表意則帶着跳躍靈活、多面啟發的特點。至於狀物，則像余光中所指，「把興趣專注於獨特之某物，無論話題如何變化，總不離開該物。」

〈人鞋之間〉開始於一次論爭，作者堅持人與鞋必然有一個磨合過程，而不是不費功夫的相配。磨合過程一方面表現鞋子的質量，一方面也表現人的耐性。作者闡發這個

道理後，不再停留在理論的辯解，卻引用幾個故事來加深人和鞋相處之道。

歷史故事包括：晉文公造了一對木屐懷念介之推，平原君使楚見春申君的門下客盡皆珠履，阮孚愛屐而帶出人生苦短之嘆。作者的故事包括：童年時代，過年時不常買新鞋，常常要到補鞋匠那裏修整舊鞋；當學生時，則穿着白帆布鞋打球、奔跑。

文章還有其他關於鞋子的聯想，總而言之，「無論話題如何變化，總不離開該物」，但作者不是刻意工筆詠物，而是讓事物隨話題流轉，所加插的片段交織成綿密而富情韻的人生經驗，使讀者不但加深對事物的想像，也能從不同方面領略作者的思想感受，達到作者所說，讓「每一雙小鞋都盛載着一個生命的奧秘」。

* 本文輯自吳淑鈿《常夜燈》，頁 67-71。

颱風

呂永佳

　　枝椏在灰暗的天空搖擺，愈烈，愈顯得它們的堅韌。

　　三號風球倒像八號風球一樣劇烈。回辦公室的時候，沿路的樹還沒有倒下，雨也不大，怎料回家的時候，地上已鋪滿了亂葉和大大小小的斷下的樹的枝幹。我看見垃圾筒裏插滿了破傘，鐵枝叉起來成了新種的樹——凌亂而堅強，只是都被遺棄了。後來我想起它像香爐。我小心地撐着雨傘，順應並且預測着風向，最後黑色的長傘還是被吹反了，兩條鋼枝就像脫臼的手，變形地擋着傘外的風雨。

　　短短的一天裏，天氣異常，風景急轉，更何況多年前的人和事。

　　我走在青衣的海濱長廊上。記得大約十七年前了，我們一家搬到青衣居住。那時接通青衣島和荃灣的青衣北橋，還撐着棚架和藍白雙間的帆布。它成了橋的臨時的蓋頂，使我看不到那天的天空——但我依稀記得有光。我好奇地從左右兩邊看出去，清楚記得現在青衣機鐵站的位置有一個小小的沙灘，有一兩艘漁船停泊在不遠的海面上。青衣的得名，據說是因為青衣

一帶有很多青衣（魚）出沒，又有說青衣島的外形像青衣，於是便以此為名。或許，青衣養活了那時的漁民，一代又一代。很多年後，孤陋寡聞，又少踏足市場，我連青衣魚是甚麼模樣都不知道。至近來，我才知道在明代的時候，青衣有一個好聽的名字，叫春花落。

春花落了多少遍才被完全遺忘呢？我一邊走，一邊想那時的漁民是如何面對颱風呢？如今海旁長廊有足夠的礁石，大概可以阻擋大浪的撞擊。現在青衣的海岸線都變得筆直了，早已消失了島的形態。當時究竟有沒有一個內彎的地帶，讓漁船避風呢？我又想更古的人，不知道颱風為何物，面對突變的天氣，一定會反省自己，且總能在生活裏找到罪，於是便對天神之說深信不疑。母親說，於是人們便去拜天后，香港臨海，天后廟特別多。我身處現代化的城市裏，想起那些漁民的種種話語，或許我只能在新聞報道裏、歷史專著裏，讓想像馳騁，但找不到着地處。

快要回到家的時候，看到一棵樹被吹倒了，那是開滿果實的樹，地上佈滿了一束束比橙小一點的青色果實。我不知道果實的名字，只看到有些被人踏破了，一地又灰又綠的汁液在地上流淌。那是一條僅闊三尺的小路，迎頭剛巧碰上一位佝僂的老婦人，她穿着飛動的雨衣，露出黑瘦的雙臂推着手推車，車上全都是在街上拾得的破傘，匆匆一看大約有二三十把破傘

吧。我看着那疊傘的骨架，鐵色格外顯眼。我無法越過車子向前走，就只好站住。那婦人看到我，親切地向我微笑，帶點不好意思，然後又努力把車子靠向一邊。就這樣，我和她便分別了。她的生活和習慣，我又應如何理解？一個陌生的老婦人，就算我要和她談話，大概也無從說起。也許這就是城市相遇的形態。我想起她彎起的背，想起地上一地被人踐踏的果子，驚覺自己手上拿着的，是不會帶回家去的破傘。

註：颱風派比安（泰文意為雨神），吹襲香港，天文台發出了三號強風信號，但風力比八號颱風更為厲害。

賞析

　　對「形散神不散」這個散文命題，可謂人言人殊。但無論觀點如何，散文總是兼有「神采」也有「形貌」二端，也即散文裏既有作者的意旨，也有形成或烘托這意旨的具體內容（以及內容的組織方法）。不少作者通過各種聯想來組織內容、突出主題。呂永佳的〈颱風〉可說是運用了這種技巧。〈颱風〉寫一次三號強風信號所帶來的聯想。那時作者已搬離舊居，他的聯想因此通向少年時還有漁民作業的青衣島。但記憶淡薄了，他又想到「青衣」名字的來由、因填海工程而改變的海灣，以及從前漁民面對颱風時的心情。

作者聯想翩翩，最後仍落在回家路上的景致。在風吹雨打的街上他看到一位佝僂的老婦人，穿着雨衣，推着的手推車上全是破傘，她「親切地向我微笑，帶點不好意思，然後又努力把車子靠向一邊」。

　　結尾一段，作者又從老婦人拾傘寫到手上「不會帶回家去的破傘」。聯想的幾組畫面跳動、閃回，表面看去沒有明確的思路，但整篇作品充滿那忽淡忽濃的回憶、若斷若續的思維，香港百年間城市的轉變被剪接成瞬間的詩意，無疑反映了作者敏感的觀照和凝鍊的情緒。詩人靈動之筆，可轉化為散文的凝鍊結構，刻劃出廣闊的生活情景和思想內涵，由此可見一斑。

* 本文輯自呂永佳《午後公園》，頁 71-74。

感覺台北

秀實

1　情兮中和

在窪地的許多高處，都可以眺望到中和。往日曾有過這樣的書寫：騎着腳踏車沿水源路走，台北的燈火慢慢燃點起來，隔岸兩三星火便是中和，那裏有我飛翔的夢想和創傷的現實。

夢或者現實，驀然回首，情懷已遠謫天邊。那英〈夢醒了〉：想賴着你一輩子，做你感情裏最後的天使。天使的翅膀也沾染了俗思凡情。

歇住木柵萬芳山頭，房間陽台便對望着中和。兩三星火的書寫已成歷史的黃頁，給覆蓋在蒼白的歲月裏。虛無的白，無止的蒼，夢間醒間都埋藏着紊亂的情思，糾纏不清。越過半生的傾斜，立在山腰，往上攀爬，抑或順坡下滑，令人惑然不辨。

捷運永安市場站外是紅塵，緊貼的三七八巷裏有一座貢噶精舍。精舍內埋着宿世的情緣，穿越紅塵滾滾，在一個叫懸念的背影消失後，便是今生，便是一個困堵在四面牆壁裏的今生。

精舍內沒有半畝蓮池，許是中和，不必叫人想到「出污泥而不染」的傲氣。在空洞的正殿裏，輕如羽毛般的生命正悄然落下。

　　「喜怒哀樂之未發謂之中，發而皆中節謂之和」。中和是今生的情緣，是生命中的堅守和期盼。

2　睡矣觀音

　　捷運有一道支線，離開台北車站往北延伸。一頓一行，是山和海的註腳和眉批。這是城市五條捷運中最令人動心的旅程。

　　北線的終站是淡水。車越北投，直奔關渡。左手的風光便如風湧進，似光閃躍。淡水是個濱河小鎮，炙熱的下午寧靜得叫人無端為生命的鬆散而愁緒起來。這種光景，常幻想有傾心的紅顏相隨，穿過街巷小道，傍晚時並肩在河岸上垂釣，直至星子滿空。如此不理人世，方才是生命的令人陶醉處。

> 柔美的觀音已沉睡稀落的燭群裏，
> 她的睡姿是夢的黑屏風。
> 我偷偷到她髮下垂釣，
> 所有遠方的星上都大雪紛飛。
>
> 　　　　　——羅智成《觀音》

觀音沉睡已萬年，此時一個疲憊的心靈正在對岸吶喊，呼喚他醒來。忙碌的中年渴求浪蕩的日子，日子在浪蕩中倦眠，便想到依靠。想到一個甜美的睡夢，如觀音的躺下。

　　在北投半坡的春天酒店上，在沙冰的清涼中眺望觀音山。手電鈴聲響起，我低聲呼應遠方的請求，又怕驚醒沉睡的觀音。

3　寂然西門

　　地面上是湧動無止的心靈，在閃動的鐳射光束間彼此撞擊，發出金屬般清脆而短暫的城市聲音。麻木的聽覺把不同頻率的聲音混同起來，反覆把每一個夜晚的時漏掏空。這是個屬於「錢櫃」的年代，年輕的漂鳥瘋狂地嘶叫，倦了便相互依偎，蜷縮在一個堅固的金屬箱內，在晨光下如一群脆弱的孤雛待哺。

　　地底下是流動不居的心靈，在一列一列的車卡內漂流。那是現代的遊牧，在黑夜的眼睛底下捕獵狡黠的鹿。沿河漂流，沿捷運站與捷運站間漂流，在商圈與商圈間漂流。到夜盡燈黯，一切都沉寂下來時，這些心靈都歸歇在臨時的懷抱。

　　一頭背上長着翅膀如史前恐龍的怪獸，穿牆而出，撲向西寧南路川流不息的車龍，如崩天地裂的吼聲給尖拔囂張的摩托聲馬達聲淹沒。怪獸剎那凝定在牆壁裏，露出的半身仍懸吊在兩層高的樓宇上。那是一家叫「家有賤貨」的小店，售賣古靈精怪、不可思議的貨品。

一株綴滿小如點子的燈飾的樹後，是一家三層高的咖啡屋。黯黯的燭火間埋藏着嘩啦嘩啦的話語，如熱帶雨林裏的驟雨般，叫人感覺生命的清涼。

孤獨、深宵、霓虹、人影、咖啡館、錄像影音店、誠品和金石堂，如一頭創傷的雪豹靜靜穿越叫囂的城市，在地圖上劃出一個又一個生存的商圈，讓創傷的雪豹躲在叢林的寡情薄義中，走過熱鬧，感受寂寞。

4　善哉圓通

自木柵啟程，穿越許多山坳隧道如穿越一段一段時光隧道般，到了中和南面山頭的圓通寺。古寺不披金碧輝煌的瓦當瓦片，破落的建築體在蒼翠的山巒間，透射出靈光。

南台北的天空，一片湛藍。跨過新店溪後，中和市的景貌在擋風玻璃前躍出。所有的樓群都是地標，是心中的座標，讓人在生命旅途中定位。

我喜在文字迷陣裏暢遊古刹，在筆畫斜豎交纏中尋找鏡般平靜和池般平淡。

> 比丘尼，如果青鐘銅扣起
> 聽一些年代滑落蒼苔
> 自盤得的圓顱
>
> ——余光中《圓通寺》

寺前左側是一頭石象，右側是一頭石獅。

想象，想一頭南謐的大象。牠豐腴的軀體，柔美的步姿，下垂的象拔，收斂了威武，馴服的歇在這裏，聆聽暮鼓晨鐘。

寫獅，寫一頭玩弄圓球的石獅，張牙舞爪在怒吼，聲音響震整個山頭，木葉都紛紛飄落。

在寺前遠眺市鎮，延伸無盡的城市後是廣袤的天空。這裏有我的情緣而那邊是我的鄉愁。空間與時間之於生命，是時差和地緣，錯失錯過錯誤的生命，是一種時空的倒置亂放。

就讓生命俯伏在金身佛像前，讓一切都如寺上的浮雲，遠離身軀，飄往無邊。傷心一念，彈指三生。如果仍有凡情，仍有俗念，仍會在圓通寺上插上炙熱的香。

5 傲焉萬芳

離開台大校園的椰影蟬聲，穿越辛亥隧道，左手是一個高崗。上面傲立着幾幢高樓，那是萬芳社區的最高處。萬芳是個純住宅社區，入夜後四周無塵無聲。在南台北盆地中，悄悄守候着傳奇般的天空。

立在十二樓陽台，指點大台北的江山。最醒目的是城市陸標新光摩天大樓，更遠處的巍峨金頂是圓山大飯店，稍近燈火燦白、兩幢如壁對峙的，是遠東國際飯店。這裏，台北的傲然盡收眼簾。

稠聚的城區延伸到腳下，在連綿的山帶前如水遇岩，變作低矮的平房，蔓延到山邊。這裏面對草木茂密的山巒，最蒼翠的是芝蘭和蟾蜍兩山。山頭時有不知名的飛鳥，或單一，或成群，在眼前背着日影浮過。

七月盆地酷熱難擋，「你是人間四月天」的熱潮已逝，但張幼儀和伊能靜的音容仍留在光華商場裏。或許，徐志摩仍會在深宵的台大校園內靜靜踱步，仍會在一束杜鵑花叢下懷念着遠方的林徽音。他留下的詩文和日記，留下的情緣，在金石堂和誠品裏可輕易尋着。但劉若英如鄰家女孩般就住在樓上，一所向西南的房子。我常掀起窗簾偷看，窗戶都漆暗一遍，大概她已蛻化成另一個掙脫婚姻束縛的現代女子，「小腳與西服」在鎂光燈下再活過來。

歇住萬芳，早上往往十時許才起牀。盆地早已醒來，煙霞罩在樓群上，車水馬龍在流動着。離開傲焉的萬芳，要到哪裏午膳，一個地道的小館，一間別致的咖啡屋，都可以，只要有你一道並行。

賞析

有一類風景散文以記錄某地方的人情風物為重點，詳實的描寫能給人置身其地的感覺。但另一類同樣以風景為元素的散文，效果相近但更有詩質，表達更多個人感受，

形式上像散文詩，〈印象台北〉便屬於後一種文字。

　　〈印象台北〉以台北五個地點為構思：中和、觀音山、西門町、圓通寺、萬芳。這五個地點，每個都連繫着一種獨特的感情。作者以中和起筆，因這裏勾起了青年時代的記憶和對台北的整體印象，美好的過去和夢醒後的現實在這裏交匯，情感的起伏翻滾，需以「中和」之情來調協。第二個地點是觀音山，是作者在淡水遠眺寧靜安詳的觀音山所產生的感受。西門町是一個商圈，是購物中心，遊客常到之地，作者描述它活像叢林，讓寂寞的雪豹穿越。圓通寺是佛教寺門，它再一次讓作者遠離塵世、專注於生命的哲思。萬芳是台北住宅區，這裏自成一角、傲然獨立，能在這裏觀看台北勝景，帶給作者是另一番人間燈火的感覺。

　　作者以詩人的觸覺捕捉了景點的特徵，不但為景點平添了或濃或淡的地方色彩，也表露鮮明而深刻的個人情緒，超越了一般情意朦朧的散文詩，塑造了豐富的個性。

* 本文輯自秀實《九個城塔》，頁 66-74。

獎品

胡燕青

　　我第一次參加寫作比賽，是在小學五年級的時候。那時老師要我寫一篇反吸毒的文章，參加新界區的作文比賽。我一向喜歡作文，但所謂「作」，其實只是把看過的文字，搬搬拼拼，挪挪湊湊，了無新意。傷春悲秋的題材難不倒我，可是反吸毒嘛⋯⋯我搔破了頭皮，還是弄不出一丁點兒頭緒。

　　那時候，最關心我學習的母親還在穗城，一年難得看見我一兩次；父親遠在九龍某一角落工作，他交給我的地址都是抽象的，那上面的街道地區，甚麼土瓜灣、深水埗、大角咀⋯⋯我連聽都沒聽過，只覺得它們的名字怪得不得了。我在小島上待了好幾年，跟着庶祖母過鄉間生活，每次乘船到九龍，總給大路上飛馳而過的汽車嚇得手心冒汗，經常不敢橫過馬路，把表兄表姊們惹得哈哈大笑。就這樣我被迫把童年的歲月全交給了內心的天地，和石屋面向着的一小片海洋。在這種日子裏，每當我在功課上遇上難題，唯一的幫助來自老師。可那一年的國文老師是一位非常嚴肅的老先生，而且題目就是他發下來的，我根本不敢告訴他我不會做。

交卷的日子臨近，我靈機一觸：對了，吸毒的人我不會寫，就寫不吸毒的人嘛！於是我想當然地「造」了個故事，裏面描寫一個妻子如何因為丈夫吸毒，得忍受貧窮、疾病的煎熬。一切都從概念出發，既傷情又文藝腔。不久，功課交了給老師，我也卸下了心頭大石，繼續在野花夾道的泥山徑上跑跑跳跳，把比賽的事情全忘了，每天依舊上學下課，在草叢裏找龍珠果吃，吃了吐出果核，又隨手撒種。

　　幾個月過去了，消息忽然傳來，那篇作文得獎了，而且得了全南約區的冠軍！我們那所比一幢小洋房大不了多少的山區小學登時震動起來。校長那天把我叫到她那瑟縮教員室一角的小書桌前，鄭重告訴我得獎的事，和之後必須做的一切，譬如到城裏去領獎。我聽到了自然高興得睡不着覺，可是又感到憂慮——校長說那天我得跟她一起到荃灣去。荃灣是怎樣的呢？領獎又該如何領法？鞠個躬可以了吧？這時我已具體地感到自己在台上的窘困了。最使我擔心的是，校長說她會親自帶我去。我們平常見到她總是避着走開的呀……

　　那幾個晚上，我入睡之前那十幾分鐘，腦袋裏的東西老在碰碰撞撞。一方面我想到台下的人都向我拍掌喝采，不禁沾沾自喜。我從未真正見過一個禮堂，就想像它必定有我們那兩個可以打通的課室連接起來時那麼大，可以坐一二百人。二百人一起給我鼓掌，真神氣！可是我又想到自己的校服……又舊

又黃又過短的襯衣，袖口沾着墨漬，太寬卻又不夠長的藍色斜布褲子，多失禮呀。我把腦袋埋到枕頭裏，忽然又非常不開心了。其實我們學校的女孩子是有特定的校服的：白上衣，湖水藍的半截裙子，也滿好看，可是校長老師體諒小孩子家裏窮，都不很執着。小朋友家裏沒錢另做校服，就穿上哥哥姐姐留下的藍布褲上學，也沒誰會說你。我，就是其中一個窮小孩。平常碰到島上規模較大學校的女學生，都很羨慕她們一身潔白平滑的連衣裙，每次都自卑得垂下頭。這一次，荃灣，禮堂，唉……

還有就是校長。校長平常很少笑，她頭髮斑白稀疏，卻梳得平滑，束得繃緊，一個小髻掛在腦後；與此相對，是她臉上因年老而鬆弛的兩頰完全垂落嘴角，像一個小孩的腮幫子，使她顯得既年老又孩子氣，既嚴肅又帶點滑稽。校長束過腳，如今雖然放了，走起路來還是有點彆扭，而且慢得像蝸牛。我們很怕叫她，因為她見了學生就嘮嘮叨叨，勸這教那，沒完沒了。於是每每趁她不覺我們就溜了，繞道趕過她。小島上的大街小巷，結構精巧，四通八達，又沒有汽車。我們穿穿插插的就把她甩在身後，回頭總見她孤零零地踏着蹣跚碎步。她沒發現我們，只沉默地垂頭走着，好像走路也是一件必須細心認真對待的事一樣，我們那時總覺得好笑。

可現在，坐在教室裏，我笑不出來了。明天，我就得跟着

她又船又車地到荃灣領獎去。她說過要到下午才回得來。這就是說，我得單獨跟她度過差不多一整天……想到這裏，心裏竟有點希望自己從來沒參加過甚麼作文比賽。忽然老師喚我的名字，我又被叫出去了。教室外，陽光下，校長遞給我一條借來的校服裙，那上面澄潔的藍色竟和初秋的天空一樣悦目。

第二天清早天未亮我就起牀了，梳洗後把放在牀頭的藍裙子套到腰間，怎啦，好硬的布啊！庶祖母亮了燈，一面給我梳頭，一面笑説：「傻孩子，那是因為漿熨過呀。」我的心登時開了，校長也真好。我知道甚麼叫漿衣熨衣，可從未想過自己也有一天需要到這麼隆重的打扮。我用手掃着平滑光亮的裙子，戰戰兢兢再穿上用白鞋油抹過了的帆布鞋，帶着幾塊餅乾就匆匆向學校走去。

校長早到了。她穿了一件暗色的碎花綢旗袍，臉上施了粉，白白的有點不自然，眉毛是畫上去的，深棕色，彎彎的跟她平時的不太像。就在這一刻，不知為甚麼，我忽然感到她已經很老很老了。她問我吃過了早點沒有。我把手裏的餅乾拿給她看，她就叫我用手帕包好，說要帶我去吃熱的。

就這樣我慢着步子跟她走下山梯，轉入黎明的小街。島上人習慣早起，可現在街上還沒幾個。校長走在前面，手裏扶着一柄雨傘，臂彎搭着一件毛衣，另一隻手拿了個土氣但保養得很好的大提包，晨光裏認真地走着。我不敢靠得太近，一方面

是因為我對她有點習慣性的敬畏，一方面是因為我忽然感到幾分莫名的心酸。「得走快一點囉，」她說：「要趕早班船的。」

那真是好長好長的一天。我記得的已經很少了，卻沒有忘記跟她一道吃早餐的情景。那小店的主人認得她。她微笑招呼着，叫她校長。校長在島上辦學數十年，街坊都這樣叫她。那人放下兩個騰着白煙的大碗，問道：「這麼早，上哪兒去呀？」

校長開懷笑了，其實她一直在等待這問題。我從來沒看見過她笑得這麼好看，那像是打水底冒出來的一朵蓮花，教人着實感動，她臉上的皺紋水波一樣分了開來，又摺扇一樣疊到兩頰去。「是我的學生得獎啦，就是她，很乖的，很用功，得到全南約區的冠軍囉！不就是為了帶她去領獎嗎……」她重重複複地講了好幾遍，人家都不耐煩，拿着抹布抹來抹去，我窘得低了頭不停地吃那燙得要命的牛肉粥……

獎品拿回來了，是一隻很大很高的銀色獎杯。我終於知道一個屋子要有多大，才可叫得上一個禮堂。那裏面的人好多啊。當我聽見有人喊自己的名字，往台上走的一刻，嚇得手都冰涼了，校長這些天來多次教我如何鞠躬，如何接獎，如今煙消雲散跑得影兒都沒有了，我只胡亂點點頭，眼睛卻一直往台下搜索校長的位置。人群中，怎麼她一點都不起眼啊？……

那天終於過去了，我那借來的校服，皺着還了給人家。往後的日子，不知怎的竟卻愈變愈短，愈溜愈快，沒幾個肯在我

的記憶裏略略徘徊。

　　校長已經過世多年了，就葬在島上。我連她的墓地都沒見
過。那一年我和朋友到島上遊玩路過母校，走進去逛了一回，
發現我的那個獎杯還放在教員室裏，不過好像變小了，上面貼
着一張發黃的小女孩照片，那不就是我嗎？我呆呆地站着，心
中激動，想那必是校長從我的學生手冊上剪下來又貼上去的。

　　「你這『學校』真玲瓏。」朋友打趣說，其他人都笑了起來。
我避開了他們的眼睛。此刻我忽然又看到了童年時一個早晨
的情景。打扮過的年老校長正踽踽走過長長的石街，不遠的背
後怯怯跟着一個瘦弱的小女孩，她正朝相同的方向走。半生以
後，小女孩走進大城市見世面去了，孤獨的老人卻走進了她的
心，且將永遠居住在那裏。

　　而那，相信就是她整個童年最美好的獎品了。

賞析

　　不少出色的文學作品，採用「童年視角」來敍述過去的
事情，以第一人稱重塑作者當時的鮮活感受，使讀者如在
現場，如聞其聲。「童年視角」不是純粹的模擬少年人的口
吻來敍述，它經常是結合成年人視角，通過較成熟的心智
過濾有關事態，使之顯出特別的意義。

　　〈獎品〉敍述作者少年時在一次徵文比賽中獲勝，勾起

從前小學校長對她關愛的連串記憶。作者早年在離島長洲念小學，要到九龍區領獎，還得要借一條熨得平滑光亮的校服裙出席。更特別的是，文章獲得全個新界南約區的冠軍，她要在大庭廣眾接受掌聲，而座上還有平時對學生嘮叨、卻一臉嚴肅地與她同行的年老校長。

這幾組畫面，當年還是小五學生的作者未必能完全掌握。回憶的視角，在這裏發揮作用，它能把事態一一梳理，成為有意義的秩序。首先是當事人獲獎的興奮、獲獎的前因後果等，這固然是重心，須正筆直書，但老校長因學生努力、為校爭光所表露的深情，同樣不可忽略。到了後半段，老校長對作者的關懷更成為文章的另一個重心，開展一次啟悟之旅，把他人作為自己心靈中一份值得珍藏的「獎品」。

這篇看似寫得平易流暢的散文，告訴我們即使是簡單的生活瑣事，總會牽涉一己以外的個體（或可稱為「他者」），這些個體也有思想感情，也有它的世界。不過，每當要在形象思維中重新整理這經驗時，我們常把「他者」或次要事物寫成為「旁枝別葉」。〈獎品〉的作者卻夾寫並敍，透過童年視角和成年視角的交互剪輯，讓兩個重心交相映襯，展現作者對一去不返的少年時代的珍貴記憶。

* 本文輯自胡燕青《彩店》，頁 113-119。

蝦子香

胡燕青

　　情人節前夕，孩子們深夜未睡，對着烤箱嘰嘰喳喳，姐弟倆在做小杯子巧克力糖，又炮製了一個軟軟的穆斯蛋糕。我在旁點數着那些精心設計的愛的禮物，讚口不絕，心情卻開始淪陷。寂寞像黃昏漲潮，水色模糊且散發着一點點酸澀，一浪高似一浪地湧過來。沙灘上可以立足而不給弄濕的地方已經所餘無幾了，即使睡到牀上，那深褐色的香仍追着我的鼻子來咬。

　　情人節下午，大學裏人聲開始減少。如果我是大學生，為了情人今天也會冒死蹺課。此刻，一個人坐在辦公室裏聽鍵盤嘀咕不絕，難過死了。看看手錶，五點半，爸爸他老人家那邊工人也許還沒做飯。我打電話給他：「要不要去吃餛飩麵？」他很高興，爽快地答應了。我從座位跳起來，一連貯存了幾個檔案，狠心把電腦關上，忽然給截斷了的思路只好留在它自己的記憶系統裏。幾份工作張着大口驚呼，好像要把我吃掉似的。手指按了「關機」，又按「取消」，如是者幾次，才把電腦的纏繞幹掉。太早離開辦公室，很不習慣。截了一輛的士，趕到父親家裏去。他又在玩網上遊戲了。電腦技師曾對我說：「Uncle的

電玩技術已經出神入化，若有分齡賽，一定拿冠軍。」

　　一年多前，母親病重，父親一天到晚打機，如今剩下他一人，打機仍是生活的主項。那時是為了逃避現實，今天是為了消磨時間。母親身體一向很不好，血壓過高，體力太低，胃痛頭疼坐骨神經發炎無日無之，臥牀看書的時候多。如果那天媽媽的體力許可，爸爸就會帶她上街吃喝，從蒸蝦炒蟹到煎餅炸雞都大口大口地吞，兩人從不理會醫生的警告。媽須要每天服用降血壓丸和利尿的西藥，但只要能夠和父親上街，她就很快樂，甚麼都不管了。他倆從元朗吃到赤柱，從山頂吃到西貢，回到家裏不斷評頭品足，是一流食家。然後，媽媽忽然知道患上了胰臟癌。起初以為只是胃痛，照了胃鏡說一點事都沒有，吃的事業繼續，直到後來一吃就吐。在她生命的最後幾個月裏，她甚麼都吃不下了，即使在餓得不得了的時候，最多只可以接納一調羹煮爛了的米粉。醫生一直以來擔心的與高膽固醇相關的病痛，例如中風和心臟病，沒怎麼打擾她；奪去她性命的是叫她吃不下的癌細胞。

　　此事之前，我不時教訓爸媽：「你們太任性了，老人家怎麼能亂吃東西呢？你們的菜得減點鹽，太鹹的話，媽媽的腳又要腫了⋯⋯」爸媽也不跟我爭論，只繼續到處尋訪出色的食肆。找到了，即時就打電話給我，媽媽的聲音總是那麼興奮：「青兒，我們在元朗喝茶，味道好極了！你來不來？」每次接到這樣

的電話，我都不免生氣，心裏怪她：「難道她不知道早上十一點是我的上班時間嗎？怎能說來就來呢？你倆退休了到處玩玩兒如果都要我參加，我哪來薪水供養你們？」現在，再沒有人打這樣的電話給我了，耳朵空空的、癢癢的，輪到我對孩子們說話：「晚上回家吃飯嗎？」孩子的電話卻用「請留言」的信息封上了。回覆的時候，早已過了晚飯時間。

晚飯是我們唯一能夠陪伴爸爸的時間。媽媽走的時候，連晚飯都沒吃。最後一次我們送她進醫院，她腹痛難當。醫生說她的腸胃組織已經在裏面壞死。在她白淨滑溜的臉頰上，出現了對稱的兩點紅痣，反為她添上了一點血色。醫生說：「那是血管增生，說明令堂已經病入膏肓，你們準備後事吧。」那天我買了菜乾粥餵她，她只吃了兩小口。這段日子，每次媽媽吞下一點一滴的流質營養，我們都會感到興奮，好像她又有了起色、有了復原的希望了。那當然只是空想。媽媽吃下的這最後一點粥，只能在她腐爛的食道止步。但這幾匙稀飯，注定要黏在我餘生的喉頭上，無法吞下，也難以吐出。

母親昏迷了八天才離開人世。是吃了粥那天的晚上慢慢不省人事的。媽仍醒時，弟弟在她牀邊，不願離開，但媽媽說他礙着她看連續劇。那劇集正好在說李時珍的故事。李時珍是我國名醫，甚麼病都治得好。不知媽媽看了有甚麼感想，只知道她從此再沒有機會跟我們說話了。

喪事完了，那個虛構的神醫故事還在播。爸爸空洞的眼睛流落在自己噴出的煙圈裏，好像一直無法到達一臂之遙的畫面。不過，還好，爸吃得下。媽媽逝世的前兩天，醫生來巡房，爸爸從街上回來，竟帶着一個烤番薯，頓時滿房清香，無數童年的記憶一下子散了一地。爸爸找來了一張小刀，把甜薯切開。裏面是冒煙的金色薯肉，汁液溶溶，柔軟而溫熱。他把一片遞給醫生，硬要他吃。那好心腸的醫生也真的接過，說了句「多謝世伯」就放進口裏吃了。弟弟和我也吃了一點。我們不知道自己為甚麼還吃得下，但我們真的吃了。事後醫生把我拉到病房外面說：「世伯也要服藥了。」我一點意外的感覺都沒有，只答應着：「好的，請給他開方子。」醫生就給他開了抗抑鬱藥。他說：「未來的半年，你要好好看住他。」我哭了。

　　往後的幾個月，爸爸瘦了十幾磅，但還是頗能夠吃，為甚麼瘦，沒有人明白。抗抑鬱藥他偷偷扔掉了，沒告訴我們。為了「看住」他，我們一家天天在他那邊吃晚飯。爸爸的晚餐總給人過分蕪雜的感覺，太「豐富」了，吃不完，第二天還得吃。鹹蛋、臘腸、麵豉、醃魚不缺，青菜倒是不夠的。每天下午，我們都嚴詞吩咐孩子絕對不可遲到。遲幾分鐘，爸爸的臉就要轉黑。好多次，我們默默地吃着飯，看他把最鹹的東西一口一口吞下，飯後還站在窗口連抽了兩支煙。未幾，孩子們面有難色地開口了：「媽媽，我今天晚上要去練游泳，不到公公家裏吃飯

了。」女兒跑了。「媽媽，我趕功課，不到公公那邊吃飯了。」兒子也逃了。但與爸爸吃完晚飯回到家裏，我卻看見兒子一個人在煮超級市場買來的餃子。很明顯，孩子們害怕把死亡和吃連結在一起的飯桌。

一天我跟爸爸說，我們會隔一天才來吃晚飯了。說這話之前，我頗為膽怯，怕自己落井下石，掙扎了好久才開口。沒想到爸爸很爽快地說了一聲好，聲調裏還出人意表地頗有點歡快。往後的幾個星期，不到他那邊吃飯的晚上，心情總是忐忑不安的。我禁不住想像他一個人胡亂把東西塞進口裏，一整個晚上不說半句話的樣子。可是，出乎意料，爸爸的情緒竟然漸漸好起來。我們到訪的晚上，他不是買了羊肉，就是開了汽爐吃火鍋，最教我興奮的是潮州凍蟹（其實我爸是中山人）。有時他還跟我們一起包餃子，弄得一身都是麵粉。振榮和我見他心情復原了都很高興，但大惑不解。「也許他也需要一點空間。人總不能熱熱鬧鬧地傷心。」振榮說。

可不是？但傷心過後，又需要熱鬧熱鬧了。那天我們做了很多餃子，有白菜豬肉、韭菜豬肉、白菜牛肉和韭菜牛肉。吃的時候連自己也覺得好笑，煮過之後味道根本分不開來。我只吃得出那一幕一幕的細節：振榮擀麵，弄到手臂抽筋，要塗藥膏，爸爸笨拙地把餃子皮黏在一起，根本捏不出餃子的形狀，還胡說那是「角仔餃」、「公仔餃」，他又沒有耐心，才包十分鐘

就要去打機，打半小時不好意思了，又出來看我們勞碌，高聲取笑我們笨拙的動作。女兒帶來了數碼照相機，用滿是麵粉的手指拍了好多照片，說要讓公公在電腦熒屏上慢慢看。

從那時起，爸爸的體重回升了。飯後，他按時提供功夫茶、削皮水果、鹹脆花生、各色瓜子、甘草檸檬和番薯糖水。我們手口並用地把英偉自信的吳夫差、說話噴口水的姒勾踐和木無表情的施夷光一起吞下肚子裏，飽足地度過許多平常的晚上。然後——情人節來了，我約他去老遠的地方吃餛飩麵。那是媽媽生前吃過並且讚口不絕的。

那兒的餛飩是真的好吃。平時在一般麵店吃得到的餛飩都很大，裏面只有兩隻肥脹的雪蝦，看了未吃先飽。媽媽最討厭這樣的餛飩。這裏的可是小得很的，裏面有一點點鮮蝦和豬肉，非常地香。爸爸把調羹從小小的碗裏拿起，遞到我鼻子前讓我細看。「你說的香味，看，來自這些小小的黑點。」我說：「是蝦子啦。」爸爸點點頭。侍應生看見他已經吃完了麵，就來收碗。爸爸說：「我還要的。」說完就舀起那剩餘的蝦子湯一口一口地品嘗。

過了一會，爸爸又叫了一碗豬手麵，接着還吃了甜品和糖水。我有點擔心。老人家一頓怎能吃這麼多？振榮小聲說：「你別管他，他開心就好。」飯後，一家幾口乘計程車回到屋苑，振榮說要讓車子把爸爸送到家門。我說：「不用了，吃了這許多東

西，爸爸得走點路。」爸爸同意：「就是。」我看着他搖搖晃晃的背影消失在春節燈飾的彩光中，心裏分不清是開心還是難過。我胡亂對振榮說：「今天是情人節呢。」振榮也隨便回答：「是呀，我們也算是去wet過了。想不到今天晚上那小麵店還有位子。」看來情人們都不想在麵店中過節，管你的麵做得多好吃。

我倆很慢很慢地踱步。孩子們大概仍在外頭甜甜蜜蜜，實在不用急着回家。沒想到，原來兒子已經先回來了。他一看見我們，馬上從冰箱拿出一小片穆斯蛋糕，說：「這是特別留給你們的。同學說我做得不錯呢。」我們本來已經很飽，但還是拿過了他遞來的小碟子。我小口小口地吃着，真的，好吃極了。這時，大門打開，女兒也回家了；還未放下背包，就跑到雪櫃，從裏面找來幾顆小小的巧克力，送到我們的嘴邊來——咦，那不是做給男朋友的嗎？

餛飩湯的蝦子香仍在齒間徘徊，如今巧克力的奶油甜又要來接力了。我忽然想起了媽媽和爸爸的饞，熱淚盈眶。昨天夜裏從烤箱源源溢出的，又豈止一個甜蜜的節日呢。

賞析

散文最難訂題目。有些文章有突出的亮點、敍述有固定的範圍，比較容易拈出其中的時、地、人、物為題目。有些文章篇幅稍長，或有幾個亮點，作者選了其中一個亮

點為題目，由此連貫全篇的脈絡，並點出作者用心所在。〈蝦子香〉寫及作者父親到食店吃到美味的蝦子麵、父親對生活重拾樂趣的情節，已近文章結尾。這個根據一個小情節而訂立的題目，把作者父親因妻子病逝而引致抑鬱的經過都連貫起來。

　　文章開篇以情人節的溫馨甜蜜為背景，與失去老伴的父親作一對比。父親在母親去世後，以玩電腦遊戲來消磨時間，就連上下三代人一同吃飯習慣也改變了。然而幾個月後，父親在抑鬱中慢慢復原過來，對食物的嗜好再次出現。在熱鬧的氣氛中作者感受到父親的孤單，並「想起了媽媽和爸爸的饞，熱淚盈眶」。

　　〈蝦子香〉所述的家事可說悲喜交集，卻能調融映照，在作者宛如「生活流」的流暢敍述中又設置不少線索和脈絡。例如以兒女在情人節做蛋糕開篇，而終篇呼應；作者與兒女的關係，襯托了作者父母與作者的關係；母親臨終時不能嚥下菜乾粥與父親恢復對飲食興趣的對比等。食物不但貫串整個敍述，並且以實寓虛地寫出家人彼此的關懷，其色其狀其味，透露着濃重的生活感。

* 本文輯自胡燕青《蝦子香》，頁 159-166。

靜極

張善喻

　　那是本世紀的第一個年頭，我實在沒法釐清事情的來龍去脈，唯一能確定的就是我突然喪失了跟這城市相處的能力。

　　我必須澄清：我一直都在這城市長大，但只有在小時候，享受過一段住宅區應有的寧靜，其他的時間我都是活在噪音下。我一直跟這城市相處得很好，相安無事。在我上中學前，我家附近就建築了一座高架天橋，連接市區和當時的郊外。汽車的聲音日夜恆鳴，卻沒有影響我。我甚至考上了招人妒羨的名牌中學，繼而又考上了大學，然後又找到一份安穩的工作。

　　事情是這樣的：當我搬離了住在天橋旁的父母家，自己另覓新居，不幸的事情卻在這時發生，並一直纏擾着我。我搬進了一個上好的住宅區，滿以為可過一些安靜的獨立生活，卻在我搬進不久後的一個晚上，清晰地聽到鄰居的對話、他在屋內踢踏走動的腳步聲、他跟女友對話、他們的纏綿聲、他們聽的音樂……。鄰居住在我樓上，我們從未見過面，我只知道他是一個早出晚歸、午夜後才歸家的人。那是一段極其痛苦的日子，我晚上沒法安睡，日間則沒精打采地工作。而我已沒法

搬回父母家住了，因那天橋在畫夜間，無緣無故變成了我的仇敵，我們誓不兩立，互不讓步。每次我回到父母家，我的耳朵便探測敵方的一舉一動，對敵方的行車流量快慢瞭如指掌。至於敵人的朋友也是我的敵人，我得與他們劃清界線，這包括了我的母親大人。我的母親對於我的反應大惑不解，還勸喻我不妨把天橋製造出來的聲浪視為海濤聲。正因她這樣袒護敵人，繼而侮辱了大自然神聖的聲音，我至今也不能饒恕她，甚至因為這事而考慮過跟她斷絕邦交。

我再次搬家，找到在大學區的一個小單位，一心希望能安定下來。我也確實在那裏住上了兩年，只是美好的東西都有期限。有一天我晚上回家，打開家門，迎接我的竟是一陣一陣、連綿不斷的低鳴聲。是冰箱壞了發出噪音嗎？是忘了關抽氣扇嗎？是鄰居的冷氣機鳴響嗎？全都不是。那機械式的低鳴二十四小時從沒間斷，我又開始失眠的生涯。我的朋友、我的妹妹擔心我患了思覺失調，親自到我家試聽。結論是聲音是存在的，但診斷的結果是我過分緊張和敏感。對於我的聽覺盡忠職守，竭盡所能履行職務，卻招來無情的批評，還被判以神經質，它感到十分難過，萬分委屈，我豈能怪責它，我控制不了自己及這一切。彷彿我的頭顱不知在何時長出了新的器官，又或是我的聽覺神經系統突然從沉睡中甦醒過來，變得異常靈敏，承受不了半點打擾。在這之前，它是極其遲鈍，對很多事

情都是逆來順受。我清楚記得小時的我，可伴着我的外婆一邊搓麻將、一邊睡覺，又曾與一座嘈吵的天橋快樂地相處了二十多年。現在，我只祈求我的聽覺系統安分一點，反正做不了音樂家，有了如狗兒靈敏的耳朵只會令自己受苦。可是我對這一切無能為力，我沒法暫時關掉這收音系統。我唯有向政府投訴，調查結果是噪音跟法定規限還差一分貝，而噪音來源是大學實驗大樓新的抽風系統，但這小區暫時沒其他人投訴。我得再次搬家，尋找能容得我的安靜窩。

　　經過這些年頭的尋覓與遷徙、忍耐與無奈、煎熬與痛楚，就在這年頭的一個冬季，我在一個小島上找到了一個單位。小島有一個土頭土腦的名字：鴨脷洲。我居住的大廈不近百佳、不近惠康、不近地鐵，眾人都反對。每天要坐公車過橋才能上班，又得坐公車過橋才能回家，與喧鬧的城市保持距離，過的橋不是天橋，它是真正橫過水面的大橋。我的家不是豪宅，望的海景也不是維多利亞港的景色，你甚至可嘲笑那是一個碼頭的景色。不錯，那兒停泊了富人的白色遊艇，也停泊了水上人家的小船和舢舨。小船有藍的、綠的帳篷，又常常插上紅的、黃的旗幟，在風中飄揚，蠻好看。

　　但那是冬季的好時節，春天一來，我又沒法入睡。船家開始活躍，在晚上仍開着小船的引擎，發出單調劃一的噗……噗……噗……噗……我沒法再安心聆聽一踏入子時的狗吠聲、春

天的蟬鳴、清晨的鳥鳴……卻被困於船隻心臟的跳動聲。那是
一種環迴立體馬達聲，把整個人牢牢籠罩，擊碎。每夜，我戴
上耳塞，拖着疲憊不堪的身軀，希望能墮入深海的世界，只求
一夜安睡。大家也說慢慢會習慣，很快會習慣，日子一天一天
過去，它就是不妥協。

　　我不禁苦苦追問：難道我得去深山隱居？難道這城市、這
小島容不下夜的安靜？我萬分沮喪，像是被判了酷刑，有生之
年永不能有一夜安眠。在我瀕臨崩潰之際，我得知有人比我更
執着，更瘋癲。為了尋求和捕捉一份寧靜，他等了十五個年
頭。德國導演菲臘郎寧（Philip Groning）看上了法國阿爾卑斯
山的苦修院，愛慕那份純潔、超世的寧靜，在一九八〇年去信
修院，盼能拍下一部紀錄片與世人分享，回信卻是「本院尚未
準備好」。導演以為那是推搪的言詞，心裏卻更渴望品嘗那份寧
靜，曾數次到訪修院向修士請教。終在十五年後，他收到修院
的來信說：「我們準備好了。」這期間，修院一直惦記這事，認
真考慮這請求，人事的變動一點也沒有妨礙這一切。導演欣然
上山，與修士們共同生活了春、夏、秋、冬，花上三小時向觀
眾展現一份寧靜。十五年的期盼終可如願以償，不單是導演的
執着叫人感動，修院如此認真及誠懇地對待邀請更叫人觸動。

　　全片靜默，只有祈禱、讀經和唱聖詩的人聲。修士們只
在一個月一次的外出中才互相高談闊論，別的時間也得保持靜

默。影片開始時是山上的景色，夜色將至，雪花飄飄灑灑至大地，輕輕地把修院、把整座山頭覆蓋。影片靜得能聽到下雪的聲音，能聽到雪點在風中翻飛，能聽到風在雪點與雪點間呼呼而過。那刻才領會到除了可賞雪，聽雪也是如斯美。影片靜得連火焰在火爐燃燒的噼哩微弱聲響也能聽到。修士一舉一動所發出的聲音也清晰悅耳，如鑰匙插進門鎖再扭動的聲音，如他們下跪，長袍擦過地板的輕柔窸窣聲……最令人嚮往的是每天清晨早禱及日落晚禱鳴鐘的聲音。修士瘦弱的身軀全力拉動銅鐘的繩索，簡單明亮的鐘聲猶如歌唱家氣出丹田、發自肺腑的音韻，響遍修院的每個角落，響遍大地，喚醒人心。那刻方知靜原來有它本身的音調，它的神態。靜是一種生活的態度和方式。而清淨無塵的境界，往往能勾起人們靈魂深處的共鳴。

沒有對白，沒有故事，甚至連音樂也沒有的電影除了吸引我，也引來我的同事。他坐在影院的另一角，受不了影片而提早離場。事後他解釋是受不了導演的拍攝手法。又說要去捕捉寧靜，與大家分享，用三小時一起去感受，卻偏偏用了狗仔隊的手法，二十四小時跟蹤修士，侵犯人家的私隱，嚴重打擾人家的生活。

話是有理的，修士們的寧靜是不容侵犯的，可是他們的寧靜也不是如我們常人以為那麼可容易侵犯。春天來臨，牧牛的人沒好好看管牛群，牠們闖進修院，在內院的迴廊上閒蕩，看

得觀眾也焦慮起來，修士們卻處之泰然，沒有趕離牛群，也沒向主管求救。牛隻在修院享受了一個下午的日光浴，太陽快下山時便響着牠們脖子上的小鈴鐘，悠然離去。

　　修士們無懼不速之客，也不怕陌生的鏡頭。導演在每位修士的臉上停留了三十秒，他們不用說話。新來的修士看似較為害羞，但每人的目光堅定而溫柔，不用任何表情言詞已知道那些是善人高人。唯一沒法用眼神來表達他內心世界的是一位瞎眼的老修士。他個子矮小，頭上全豎着短小的白髮，卻常常微笑，無論鏡頭是否刻意注視他，他的微笑也是如此出眾和藹。

　　修士不怕鏡頭，倒是導演在放映後直認自己在拍攝過程的不自在，生怕打擾修士，卻又不得不拍。十五年的等待，修士們準備好了，導演卻有一點不自在。這份大寧靜原來是源於那高深莫測的、深層的人心底處。要捕捉它，迎接它，甚至分享它也要具備一顆無懼泰然的心。

　　我沒有阿爾卑斯山修士十分一的道行，小船的聲音偶然也會把我弄醒。一個深夜，我莫名般從夢中醒來，格外清醒，清醒得讓我不能不起牀。走到露台看着天色與海色，赫然發現夜並不是黑色的，是我偏愛的藍，而這藍竟又有不同的明暗。遠處的山是一種滲了淡紫的灰藍，像薰出來的薄暗顏色，恍恍惚惚，悄悄輕輕。夜空卻如藍寶石，飽含內蘊，發出一份深藍與寶藍間的光彩。惟有大海糅合了深不可測的黑與深藍，泛着那

神秘獨特的晶瑩。只有在那介乎漆黑與日出間的暗夜，山藍、天藍、海藍驟然而至，不求世人欣賞，只以那不同韻味的藍一起存在，一起消失，共存共亡於天地間。那一刻，沒有船聲，是全然的靜，是我搬進小窩後半年以來嘗到和感受到的第一份寧靜，沒有鳥鳴，沒有蟬噪，是我渴望以久的靜。第一次清楚聽到輕輕的海濤聲，柔柔在大海中盪漾。就這樣，嗅着大海的味道，聆聽着這靜極的音韻，我等待着天明。天色尚早，清涼的空氣氤氳着大海的濕潤，我看着船隻大清早歸來，看着船隻大清早出發，它們的去來磨平了我對這城市的愛恨，給我內心儲進了一份安寧。

賞析

　　有人說：散文說理之透徹就像哲學，這比較不能說不貼切。然而，散文之為散文，說理還須依仗生活經驗——不是經驗的死板記錄，而是生活的昇華。作家走進生活之林，細加體察，抓緊瞬息即逝的意念，傾注情感的養分，讓哲理在茂盛的枝幹中結蕾、吐蕊。散文類型中有一種叫「試筆」（即隨筆、小品），這「試」字道盡散文創意的真髓，作家都在嘗試寫出獨特的意念，散文哲理的果實，於是得以收穫。

　　〈靜極〉這篇文章，初看還似是寫「身邊瑣事」，前半篇

記述作者被聲音困擾多年的經過，後半篇記述一齣關於法國阿爾卑斯山修道院的電影，而這齣電影的主題就是靜默。

　　世人本來都愛美妙的聲音，例如大自然、音樂、歌曲。但在城市生活的人都飽受噪音困擾，不得寧靜。車聲、談話聲、船聲等各種聲音的有形侵擾，使人越發想置身「靜極」的生活環境。然而，這「靜極」的環境卻不容易得到，就連電影導演也要等候十五年、與修士一起生活、參悟修道院的寧靜生活後才獲准拍攝，結果是拍出「非同凡響」的「靜極」。作者點出真正的寧靜不是泯滅所有聲音，而是由人類對寧靜生活的追求所建立。陶淵明說過「心遠地自偏」，心境的配合也很重要，因此在結尾一段，作者在恰當的時間和心情下，抓住了「夜空如藍寶石」的氛圍，享受到多年來未有的寧靜。

　　哲學探討人如何在世界自處之道。〈靜極〉的作者拈出一個抽象的題目，以自我與世界的關係為脈絡，叫我們都去「思想」一下甚麼是「寧靜之極」。美妙的試筆！

* 本文輯自張善喻《出走》，頁 91-100。

植了蘋婆樹的水鄉

陳德錦

　　我們廣東人多住水邊，不近江則靠海。但我們說不出水鄉是甚麼模樣。是才可容舠的小橋流水？還是木牀石枕冷家風，麥飯豆羹淡滋味？

　　吃了午飯，下一個節目是坐快艇遊水鄉。一隻小艇，坐十人，在棋盤一樣交錯的水道上慢行。快艇可真刁鑽，繞過這彎，又到那彎。兩岸是樹，是屋，岸邊停泊一些拖船。領隊的小伙子指着樹說：「這些是龍眼、黃皮。水鄉人家要生男孩，就種龍眼。男丁多，要抱個女的，種鳳眼果。」

　　乘車過虎門橋，一路所見都是大片的蕉林、茶園，田肥土沃，經濟的命脈，入眼自然滿是樹木。到了水鄉，樂見有一列行道樹，垂柳，大葉榕，青竹，夾雜互生，在簡陋的屋簷上散一坪綠蔭。可是，不見有人在水邊乘涼，屋簷伸出一杆電視天線。倒是三藏法師從西域帶回來的蘋婆樹種子，千百年間已遍植於華南。

　　快艇拐了個彎，突然加速，打水瓢一樣，離開了窄小的水道，進入一條寬闊的大流。水面不時浮出一束蕉葉，也有垃

坂。那來自珠江口的習習海風，吹得臉孔挺舒服，像有人為你按摩一樣。忽然，快艇開不動，駕駛員說：「車葉被東西纏住了。」領隊小伙子說：「準是鹹水草。」駕駛員跑到艇尾，把馬達托出水面，說：「去他的，是塑膠袋！」

弄走垃圾，幸好快艇還開得動。又進入一個淺窄的水道，登岸，到了許願樹。香港大埔林村有一棵許願樹，祈福的人把寶牒拋上樹枒，寶牒若是落到地上，再拋。若給樹枒纏住，就可以許願。這裏的一棵較高，枝枒稀疏，有人把寶牒拋到濃密的樹枝上，三番四次都落下來。我懷疑這許願樹的祈福方法沿自林村，專供香港遊客消遣。

樹旁是一個小廟，有人進去拜神。廟旁有三數水果攤檔，都賣蕉，賣菠蘿。這裏出產一些蘋果蕉，蕉皮淡紅，聽說味道像蘋果。菠蘿也特別，細小像柑。領隊的說：「大家可以買一點蕉，要議價。」擺攤的幾個女人，見我們買蕉興趣不大，紛紛說減價。「八塊一斤，十五塊兩斤。」有人還價：「六塊。」擺攤的沒耐煩：「七塊五角一斤，沒更便宜的了。」領隊小伙子年少氣盛：「六塊也嫌貴，村裏三塊就買到，還不足秤，走！」那擺攤的女人憤然除下草笠，手握短刀，作勢要追逐小伙子：「小子沒好死，認住你！」小伙子走上船，以牙還牙：「怕你找我晦氣！」

回程前我溜到一家人門口。屋前擱着電單車，一個老婦人吃過飯，搖着蒲扇散步。我見臨水一間用竹和杉搭成的小屋，

門敞開了，也可說沒有門，因問道：「是你家造的屋子？」老婦見陌生客，只笑笑點頭：「嗯。」這小屋缺乏修葺，有點破舊，不覺自忖：在水邊品茶、讀書、睡覺也挺好。要是早午都有快艇經過，那叭叭嗒嗒的噪音，可真掃興。臨水的木屋，在蕉葉之間隱現，是水鄉一景，但沿河所見，畢竟有點頹敗。

河網地帶幅員廣闊，所見或是一方一土，未算全貌。舊日農家種田辛勞，寧棄稻田作磯圍，養一塘一塘肥魚，種茶，種桑，種柑，種橙。堤基不荒廢，種荔枝、龍眼、甘蔗。然而，小農作業，所得不多，必須是國家企劃，才有豐碩成果。車過水鄉，沿途看見大片茶園、蔗園、蕉園，假若不化零為整，哪可如此壯觀。這畢竟是分工協作的年代，魚米果蔬，也不可能悉數由一戶人家生產。

但我們心中的水鄉是甚麼模樣？像一去不返的童年那樣印象依稀？七月七，乞巧節，家家桌上擺滿果物、糕餅、脂粉、針線，年年此夕，看牛郎和織女渡鵲橋。桌上供了從蘋婆樹摘下來的鳳眼果，莢如丹唇，果若明眸。女兒家用來祈福，既作巧婦，也葆青春。但現代的水鄉女兒，怕都往城裏念書工作去了。

回到賓館，推窗外望，深藍的夜空，是火箭曾經跋涉的領域，看不見兩三顆星。

　　在上世紀有一段頗長的日子，由於地理和文化的隔閡，香港人較少到中國內地旅行，以致對內地人文風物的現況頗感陌生。位於華中的「江南水鄉」當然是馳名中外的景觀，但作者開篇即發出一個問題：廣東人（以及香港人）是怎樣想像自己身處的水鄉？

　　傳統水鄉的聯想，以至閱讀一些相關的文學作品，還不如親眼目睹。作者在一次旅遊所見，卻是水道上的垃圾、許願樹、簡陋小屋、賣蕉小販等等，水鄉的景象假如僅止於此，就不能滿足作者長久的期望，開篇的問題也不能獲得滿意的回答。但通過觀察，他看見「水鄉」以外不常看見的廣闊農地和果林。古樸的木牀石枕、麥飯豆羹的生活，已遠遠不能代表現代農業生產的狀況。惟是作者在離開「現代」之際仍忘不了「古典」，當他看見了遍植於河網地帶的蘋婆樹，有感於童年時乞巧節常見的鳳眼果，抬頭看那「火箭曾經跋涉」的夜空，不由得興起了無限的懷舊情緒。

　　〈植了蘋婆樹的水鄉〉行文輕快，記事如速寫，情緒起伏迭宕，寫意或淺或深，喚起讀者對人文山水的綿綿情思。

* 本文輯自陳德錦《身外物》，頁 122-126。

石情隆

陳寶珍

「有一套清代宮廷畫家的白玉印章，要不要留給你看看？」
相熟的商人問。要！然後老遠的從新界東坐的士直奔樂古道。
紫檀木嵌白玉片的盒子，掀開盒蓋，便看見五個白色的印章站
在歷過點風霜的黃綾上，然而印紐的雕工太粗，棱角太分明。
細看印章，更令人啞然失笑。「怎麼這麼乾淨？」「洗乾淨才給你
看。」「宮廷畫家的印章也太粗糙了吧？」「我說是清代畫家的，
沒說宮廷。」但那分明是不懂篆刻者趕製出來的玩藝。「你跟誰
買的？」「跟相熟朋友買的，他不會騙我們。況且是不是真貨，
我先生會看。」商人說時目光有點飄忽。

我倒有一整盒書法家刻的印章，是林君毅老師送我的。老
師獨住的小房間有墨香飯香，更有濃濃的酒香。教課完畢，老
師有時會煮飯與學生共吃。簡簡單單的材料，卻烹煮出恰到好
處的美味。也如寫字，草紙禿筆也有自自然然的剛勁瀟灑，不
像我這好講究文房四寶之人，於書法只略得皮毛。酒好像是不
停喝的，陶陶然躺在窄窄的板牀上，不看紙，光看筆便知道學
生寫得如何。好便任你繼續練習，一看不對勁便坐起來用台山

話罵句「死女包」，然後才耐心講解再講解，示範再示範。有次寫興正濃而老師恰有濃濃酒意，耳畔便傳來一句：「喂！我給你刻個『人比黃花瘦』，好不好？」「好！」大喜過望，聲音都不由高起來了。此後便開開心心的等侍。每次去上課，都想：也許今天就給我了。直等得興致索然，才忍不住開口提醒。「有這事嗎？想不起來了！也許是喝醉時説過。」「喝醉時説過也不得食言！」後來接過印章就不消説有多高興了。更高興的是：「人比黃花瘦」以後，姓名章和其他閒章陸續轉到我那繡花盒子來。對老師的手藝欽羨不已，但不敢學，因為看見刻者手上常帶着血痕。章好在哪裏，我也説不出，卻學得憑直覺分辨高低好壞。假以時日，也許不難説得頭頭是道，無奈鼠輩橫行，竟令我與老師，與書法印章緣盡於一旦。

　　這所謂的鼠輩，就是真真正正的老鼠。不是白老鼠或葵鼠而是世上最恐怖的那種鼠。有次吃完飯，黏着飯粒的勺子還擱在電飯鍋蓋上，喝口茶再驀然回首，便驚見一隻皮毛光亮的小鼠站在鍋蓋上吃飯粒。指着鍋蓋説：「有老鼠！」「老鼠也有可愛的地方，你看牠多活潑！」老師笑着説，顯然不曉得我已渾身雞皮疙瘩。只是更可怕的事情還在後頭。有天埋首練字，剛進物我兩忘之境，一團肥碩的灰影竟從桌子的右上角斜行疾走，掠過我面前的報紙，然後於桌子左下角消失。來不及驚叫，便已從物我兩忘之境一步躍出門外。從此決定躍出師門，而接着出

現的那一段生活道路，又來得分外崎嶇，印象中好像沒有跟老師面對面清楚道明一切，只託同學傳話，便不再出現。這使我至今戚然。後來聽說老師回鄉與親人團聚，不再回港。後來聽說老師已辭世。若干年後，我圖方便拜過一位左鄰右里的名書家為師，卻因無法與他那群闊太學生打成一片而備受排斥，拜師不到兩個月便憤然退學。印象最深刻的反是他那極有個性的小女兒。「我上學了，不跟你們說『拜拜』，我不在家，你們千萬別碰我的玩具！」刁蠻小公主的神情隱着難得遇見的天真。

賞析

〈石情隆〉選自作者的散文集《物微緣重》。集內文章大多談及收集文房雅玩、別致珍藏的經過，賞玩之餘，因物及人，寫到施受雙方的因緣際會，指點世情、月旦人事，表現出傳統文人的風骨情趣。

〈石情隆〉所記的收藏印章的故事。文章以一個情節開始——作者幾乎被蒙騙買了號稱是宮廷畫家所刻的印章，筆鋒一轉，談到跟隨一位書法老師學藝的故事。這位老師是性情中人，送了不少印章給作者，卻因家裏有老鼠而嚇怕了作者。作者跟隨第二位老師習字，卻又不能與他的學生（「闊太」們）融和。

幾個片段，着墨較多的是那位林老師，此亦為「石情

隆」扣題，疏淡幾筆，表現了書法家率真的個性，與之對比是那些以文藝為名另圖他想的人。文章短小精悍，但仍可看到作者具體寫人、以形傳神的小說家筆觸。

* 本文輯自陳寶珍《物微緣重》，頁 12-16。

倥傯途上

麥華嵩

　　從馬鞍山到尖沙咀，途中當然不必經過灣仔，因為前兩個地方都在海的同一邊，灣仔卻在對岸的香港島上。

　　但那個星期日的正午，我在馬鞍山做完訪問後，卻決定先到灣仔，然後坐渡輪往尖沙咀去。我固然可以坐巴士到沙田火車站，再乘火車和地鐵到尖沙咀的，可是想起沙田新城市廣場的人潮，就已心裏一沉；我也沒心情坐地鐵，不想在漆黑的隧道中跟一大群人擠在人工空調的鋼鐵車廂管子裏。那太灰暗，太不適合星期天了。

　　我於是以去程所坐的同一條巴士線返回市中心。那巴士自馬鞍山出發，經過沙田外圍，直走往大老山隧道，一出隧道就是東九龍的觀塘繞道；接着，巴士潛入東區海隧，過海後經東區走廊來到銅鑼灣海旁，再轉進較接近市中心的通衢時，已是灣仔邊界了。這車程雖說長，但中間大半段都在沒交通燈的公路上爽快地飛馳；而且我坐車時乘客不多，大家保持適當距離，一點也不局促。固然，巴士也是一個人工空調的密封鐵廂——只是若不密封的話，公路上的沙塵滾滾也教人受苦的——

但途中至少有晴朗星期天下的城門河景和東維港海景，可供目享。

我在灣仔下車時，已差不多兩點半，而我必須於三時到達尖沙咀文化中心聽一場音樂會。因此我雖然還未吃午飯，也不敢在灣仔久留，只一心趕往碼頭，快快登上渡輪。

本來，我在趕時間，只當渡輪是交通工具；但一坐進去，船一開，海風習習吹來，船外碧波閃爍，太陽是多麼的溫煦，我好像重新發現一種久已忘記了的快樂，之前心裏的匆忙與焦急，一時都紓緩下來。原來，渡輪不只是遊客的玩意，也不只是本地人放假時享受一下的古老交通工具；它還可以在倥傯生活中豁出寫意、調劑的片段……

那個星期天在渡輪中想起了這些，一時感觸不少。當日早上訪問兩位鋼琴家，是人家拜託幫忙的；下午的音樂會，則是被邀請觀摩的。那都是不好推卻的事情，何況自己也想多學點東西，接觸不同的人和音樂創作；但因此弄得星期日也忙個不停，回家後還有幾篇稿債要清還。吹進渡輪的海風好像在輕輕問我：你這是為了甚麼？為了甚麼？寫文章，固然是我最喜歡的；音樂，我當然也很喜歡；因此，我喜歡寫有關音樂的文章。忙是忙得很，但也許，說到底，這麼活還是有點意思的。譬如說，寫文章是創作，寫有關音樂的文章也是在談別人的創作，那說不定可以給部分人的生活增添少許藝術氣氛，令他們

心底裏愜意、安穩一點，在浮光掠影的大眾聲色之外找到別種打發餘暇的選擇。其實大多數人各有自己的倥傯，或為餬口、養家而忙個不停，或者在基本的餬口以外，爭取物質上活得更好些，亦有不少人希望藉工作達到純物質以外的願望，例如藝術成就、政治權力、社會名譽等等。他們不知有多少會常常在生活的驛旅中停下來問自己：為甚麼？但世上還有一些閒雲野鶴，幹點活兒，讓自己夠吃夠穿、頭上有片瓦，就不再要求甚麼，也不去問為甚麼了。我可不是這種人，亦從不覺得閒雲野鶴是較高層次或較有品味的生存境界，只是人各有志罷了。然則，坐在船裏，傾聽拍舷的海浪與嚙嚙軋軋的渡輪機器相唱和，感受海風拂撫臉龐的清爽，在令人心平氣和的大水圍繞下遠觀兩岸的喧囂、華麗、虛驕與悲涼，不也很舒服嗎？

不，人總不能一輩子坐在渡輪裏。

一俟小船泊岸，心裏又再焦急，快步離開碼頭。音樂會還有十五分鐘就開始，我唯有走進附近的快餐連鎖店，匆匆買了一客魚柳包餐。誰知，拿着托盤在餐廳走了大半個圈，卻連一個容身的座位都找不到；終於，我走至一張四人桌前，那兒只得一個體形碩大的老伯靜靜坐着，不知在等誰，說不定只是乾坐。我問老伯，他對面的座位是否空着？他微笑點頭，我立即坐下，狼吞虎嚥地啃掉魚柳包和薯條，期間雖沒特別留意老伯，但感到他一直不怎麼動過。吃完了食物，我就匆匆吸一大

口汽水進肚子裏,接着一邊起身,一邊對老伯笑笑,說聲「再見」,他也點頭微笑……

在其後往文化中心跑去的途中,我驀然覺得老伯剛才其實和吹進渡輪的海風一樣,已在沉默中問了我:「年輕人,你匆忙是為了甚麼?」

我如何回答好?很想說,人總得找點事情忙着。

也不知這是可笑還是可悲的答案。

賞析

〈悾傯途上〉作者麥華嵩寫作層面廣泛,小說、散文、藝術評論等都很可觀。在忙於文字工作中,坐交通工具趕往音樂會場,卻在渡輪上得以享受片刻安靜和悠閒,不免感慨人生「悾傯」。他向自己也向世人提問:「他們不知有多少會常常在生活的驛旅中停下來問自己:為甚麼?但世上還有一些閒雲野鶴,幹點活兒,讓自己夠吃夠穿,頭上有片瓦,就不再要求甚麼,也不去問為甚麼了。我可不是這種人,亦從不覺得閒雲野鶴是較高層次或較有品味的生存境界,只是人各有志罷了。」

不同的人生觀並無高低好壞之別,因此即使作者擁有片刻的悠閒,「在令人心平氣和的大水圍繞下遠觀兩岸的喧囂、華麗、虛驕與悲涼」,也是一種人生態度。作者在篇

末不置可否提出「匆忙是為了甚麼」的問題，其實在渡輪上的思考裏也有了答案：人生雖「倥傯」，卻不能沒有意義、不能缺乏了反省。就如阿城在小說〈棋王〉也指出「衣食是本，自有人類，就是每日在忙這個。可囿在其中，終於還不太像人」，麥華嵩明白到人生的意義是由各種「執着」而來，重要的不是哪種執着最正確，而應由每個人自己詮釋。

現代散文不再是「載道」的工具，而是帶着「言志」作用的文體，能表露作者心跡，間接啟發讀者思忖自己的人生觀。〈倥傯途上〉可說是一篇有這樣重要啟發作用的文字。

* 本文輯自麥華嵩《眸中風景》，頁 56-60。

羽

麥樹堅

　　我們還是中學生的時候，每當妹妹湊近鐵籠觀察四隻彩鳳的動靜，我就會輕蔑地説：「牠們是恐龍的後代，知道甚麼是始祖鳥嗎？羽毛，是由爬蟲類的鱗甲演化而成的……」這論調起初令她對彩鳳有一點驚懼，以為電影裏的甚麼棘龍、速龍、角龍縮成一副可愛的模樣入侵家居，但不久她就把這些科學推論忘得一乾二淨：「我喜歡家裏養恐龍！」她揚起眉毛自豪地説。

　　鳥籠一度成為沙發與組合櫃之間的固定家具，最初困着的是被我稱為「始祖鳥後代」的彩鳳。牠們的叫聲並不討好，屬鸚鵡類但智商只有麻雀的級數，生活也極端肉慾，終日為食物和交配打架──我覺得噁心，妹妹卻認為可愛。

　　養鳥最令人皺眉的地方，除了不合時宜的叫聲（看見一線晨光就會叫）、有毒的糞便，還有永遠拾不完的羽毛。有次我掃地時拾到一根折損的尾羽，妹妹馬上把它奪去，放進一個粉紅色的首飾盒裏。「這東西留着有甚麼用？」她沒有回答，還悄然成為羽毛收藏家，不時興奮地向我説明：「這是翅膀的小覆羽，這是咀邊有黑點的短羽。」她妥善地保存着這幾隻鳥的「新陳代

謝」。

有一隻肥胖的藍色雌性彩鳳智慧奇高，能服從簡單的指令，妹妹不時放牠出來表演點頭或轉圈，玩倦了牠懂得自行返回鳥籠。牠的脾氣很大，生氣時會在籠中積積積的亂叫，拍動翅膀令空氣霍霍作響。妹妹對牠寵愛有加，特別喜歡蒐集牠的羽毛，而我只好奇人工繁殖竟能得出罕有的聰明兒。

聰明的鳥特別殘忍——我和妹妹爭辯過很多次，並以她鍾愛的聰明鳥作研究對象。有彩鳳不慎折斷趾蹠在籠底苟延殘喘，聰明鳥多番踩在牠背上，像處死囚犯一樣狠狠啄牠的頭和眼睛。骨折的彩鳳最終餓死了——我說鳥類世界無情無義，傷病只會招致同類的虐待；妹妹則堅持聰明鳥知道受傷的同伴無藥可救，不如早日解脫。我們還認真討論過彩鳳有沒有記憶，有的話能追溯多遠？牠們的語言是否只有陳述句？類似的探討隨着我們的成長而消失，如今鳥籠擺在隱蔽的角落；待鳥兒老死，我們會毫不猶豫丟掉鳥籠。我定睛看着籠裏一對略胖而年老的愛情鳥，牠們的眼神隱約流露原始的兇殘，同時夾有不安的心理。

鳥籠是畸型的生態環境，迫使鳥兒變得瘋狂暴躁。鳥籠最擠迫的時候，落單的愛情鳥要與彩鳳共處。也許牠無法忍受彩鳳的聒噪，便把其中一隻迫到死角啄掉牠的喙部。可憐的彩鳳嘗盡「唇亡齒寒」的痛苦才渴死。

我想，觀賞鳥無法返回叢林，不只是過量人工繁殖而有退化問題，還因為鳥籠生態令牠們癡肥遲鈍和心理不健全。每種鳥都應有自己的氣魄和神態，我相信飛行是牠們找尋自己的方法。

　　更換籠底的報紙時我說：「終有一天牠們會退化為無毛的光雞，在籠裏癡呆地踱步。想起就噁心……」這時妹妹不知從何翻出那個粉紅色的首飾盒，揭開蓋，我看到一堆不同顏色和形狀的鳥羽，數量足夠「造」出一隻新的鳥來。

　　微風吹起一塊絨毛，一點白色在家裏升空漫遊。彩鳳的遺志就這樣迴旋飛翔，愛情鳥、妹妹和我都緊盯着。把新居巡視一圈後，絨毛被氣流扯出窗外，飄浮於二十八樓的春日晴空。

賞析

　　身邊瑣事，初看無奇，細看便有一番意味。麥樹堅的〈羽〉，表面上是一篇記述飼養鳥類的文字，一隻有智慧的彩鳳鳥，得到作者妹妹愛護，可供觀賞，卻又表現出殘忍的性格。牠們常常脫下羽毛，這使人皺眉的自然生理卻獲得妹妹的珍惜。同時，一隻同籠的鸚鵡也啄掉彩鳳的喙部，「嘗盡『唇亡齒寒』的痛苦」。作者反對鳥的生態，感嘆道：「每種鳥都應有自己的氣魄和神態，我相信飛行是他們找尋自己的方法。」文章歷述飼鳥的故事，還隱約透露了兩

種觀念的矛盾：妹妹比較愛好人為的事物，作者則比較喜歡自然生態環境；妹妹喜歡可控制的環境，作者認為應突破環境的約束而肯定自我的存在。

作者早年除以散文獲得全球華文青年文學獎，還是詩人，閱讀他集裏描寫、記述式的散文，常能欣賞到優美的詩化文筆和比喻。這篇文字取材於生活瑣事，寫的是鳥的生態，卻暗示了現實世界人類相似的處境，值得細味。

* 本文輯自麥樹堅《目白》，頁 116-118。

看鯨記

麥樹堅

八景島海島樂園重編了樂曲，我耗費不少時間才從牢牢抓住的幾個副歌旋律，得知劇場表演的背景音樂是哪首英文歌。歌詞被削，但旋律滾至「you raise me up」時，一條白鯨將女訓練員由池中央的水底托起，如一朵透明的蓮花開出纖纖仙女來。之後，池裏冒出兩條白鯨，游到池邊親吻訓練員的面頰。接着總共四條白鯨把頭擱在池邊合唱，裝模作樣，搖頭擺腦。樂園內有宣傳海報介紹牠們，在分不出特徵的情況下，牠們叫sima、kururu、pururu和parara。表演為時七分鐘，牠們向觀眾噴水謝幕作結。全場掌聲雷動，我拍得更加起勁，因為牠們是我第二，或第三種看到的鯨魚。

大學畢業後，我乘郵輪往越南旅行，去程的傍晚，船在橘色的南中國海上航行。我本想在左方的甲板看幾眼紅霞，忽然發現幾百米外的水面有異樣：粼粼中露出泛光的物體，之後出現短小的背鰭，尾鰭以微妙的角度入水。那條可能是神秘的布氏鯨，但也可能是我的幻覺。我不敢肯定目擊野外的鯨魚……故此二十七歲那年，我想盡辦法把自己帶到東京，包括挑個旅

遊淡季、事前極端的省吃儉用、連續熬夜以提早完成承接的工作、溫習忘了大半的日語。此行的目的地,是橫濱市金澤區的八景島海島樂園。

我要看鯨——觀鯨、賞鯨的對象,該是野生的鯨魚;人工飼養的,我只敢稱為看鯨。澳洲、夏威夷和南非的海岸都是觀鯨的理想地點,可是我負擔不起旅費,又怕乘船出海的時候,鯨魚游到別的水域。財力緊絀又不想錯失時機,便跑去看圈養的齒鯨——鬚鯨龐大、力氣猛、游得快,不能在狹小環境下生存,況且水族館也無法提供足夠的磷蝦和小魚。

我那代人,第一條看到的鯨魚大抵是海洋公園的逆戟鯨海威。我對牠看似光滑的皮膚印象深刻,還有牠上、下顎細細而整齊的牙齒,似個勤奮護齒的好學生。此後我一直想看體形巨大的鯨魚,卻只能在書籍、紀錄片中看到我憧憬的抹香鯨、藍鯨、座頭鯨、弓頭鯨等等。觀鯨的願望,不時因電視台播放海洋生物紀錄片而重生,而在那個關口,我暗暗作了看鯨的決定。

＊　　＊　　＊

由於旅費有限,且希望在旅途上設法省錢,我選擇廉航客機的清晨班次,而預約的旅館遠離車站,拖着行李走三十分鐘才可到達。我在東京逗留四天,但第三天才去看鯨,全為避過周末的人潮。那個東京的周末,有一天我花在吉祥寺,在悄

靜的住宅區內漫步，看河道碩大的鯉魚，看體育場上初中生競跑。另一天我鑽入中野和秋葉原的商場，不吃不喝務求逛最多的漫畫店和玩具店。星期一是令人樂透的大晴天，我很早便起牀梳洗，未夠九點已在橫濱出閘。時間充裕，轉車也很順利，我在海島樂園開門後十分鐘進場。

　　樂園的遊樂場區正進行大維修，僅開放海族度假中心——園方主動為入場費打折，於我而言是求之不得。遊人比想像中少，路上只遇見寥寥幾個中老年人，冷清局面使我擔心海族之館是否開放，或者鯨魚要休息不公開露面。為鎮定心神，我急着重溫三種鯨魚的知識：白鯨，分佈於北極及亞北極地區，是北極圈人類的重要資源。沒有背鰭的白鯨擅於潛泳，適應浮冰環境。牠們額部凸出，臉部表情豐富，嘴短而闊，叫聲動聽。白鯨約有六十年壽命，年長白鯨的尾部曲線優美，且其白色會更純淨。牠們不是梅爾維爾《白鯨記》裏的無比敵，書中寫的是白化的抹香鯨。偽虎鯨其實和虎鯨不甚相似，出沒於溫帶或熱帶海域。短肢領航鯨的頭比長肢領航鯨的圓，分佈水域較廣。牠們被視為大的黑海豚，喜吃烏賊，過去是漁民捕獵的對象，每年至少殺掉一千條。三種鯨魚中，只有白鯨屬齒鯨亞目的一角鯨科，另外兩種是海豚科。

　　此行我要看白鯨。

　　鯨魚不是魚？

不是，鯨鯊才是魚，鯨魚是海中的哺乳類。哺乳類脊柱的活動方向是上下，但魚類是左右。

鯨和河馬一樣是哺乳類偶蹄目的後裔，表示牠們曾在陸地生活。四千七百萬年前，似狼又像鼠的鯨魚祖先棲於水邊，先過着兩棲生活，逐漸成為水中生物。試想像同屬偶蹄目的駱駝、牛、豬……要變成在深海長途游動的動物，四肢、尾巴、皮毛、牙齒要退化和進化，呼吸方式改變致令鼻孔移往頭頂，為抵抗水流體形不斷增大，且為保暖而蓄積脂肪。活於三千四百萬年前的龍王鯨證明鯨已演化至完全適應水中生活，雖然還有後肢，但已經沒有任何功能。若以龍王鯨為界線，前面是矛齒鯨、羅德侯鯨、慈母鯨、巴基鯨和步鯨等古鯨，後面是各種齒鯨和鬚鯨。每項能辨認的變化皆花費幾百萬年，譬如頸骨接合，膝蓋骨變細直至消失，背鰭微隆以至成形，都是幾十年壽命的人類無法量度的。

*　　*　　*

表演五分鐘前我已端坐觀眾席上等候。我刻意遠離那些帶着小孩的家庭，靜靜地看着晃動的池水。水池興許有五米深，連接鯨豚休息區。我想像白鯨在水閘外被陽光充滿的水池迴游。我當然心痛牠們不能盡情游移幾百公里追逐理想氣候，不能戲弄魚群與海牀的蝦蟹，不能跟初次見面的同類歌唱溝通。

牠們是園方吸引遊客的工具，我買票入場便成為幫兇，且我最後敵不過一種心癮——未看過海豚科以外的鯨。也叫虎鯨的逆戟鯨屬海豚科，在我的感覺裏始終不那麼鯨魚。

按照我當時的工作狀況，未來能動身去旅行的機會無多，而且應該不太可能有觀鯨節目。除了生物學家和海員，大抵沒有多少人看到十種或以上的鯨魚，而我的心願是親眼看五、六種，野外與否成了次要條件。

表演完結後，水池回復平靜，像一碗藍色果凍。劇場前排的座位一直沒有人坐，我本可在幾米之遙看白鯨表演，卻又時常不忍心，覺得愧疚。步出海洋劇場，在樓梯旁發現幾個連接鯨豚休息區的玻璃窗。因角度關係，視野有限，但耐心等一下，便看到眾鯨上下迴游。前鰭一划，擺動軀體，單靠餘力白鯨已能來去自如。多次在將要撞上池邊的關頭，白鯨的頭一轉，便緊貼着池邊去到很遠。短肢領航鯨和偽虎鯨互不瞅睬，各自游弋或在池底假寐。

離開劇場場館，以為心願達成，卻忽略了有圓柱形水槽的夢幻館。該陣子展示的是白鯨，如今則換成翻車魚。我想，總有人喜歡翻車魚，其熱情跟我喜歡鯨魚不相伯仲。朋友中有人喜歡大象、水豚、科莫多龍，均千方百計要親睹牠們。只要該動物不能馴養在家，就可能要在購票入場與野外觀察之間抉擇。

香港臨海，總有看到野生鯨魚的時遇。二〇〇九年，一條

座頭鯨在香港水域迷路，在東博寮海峽、鯉魚門、將軍澳海面盤桓數日才離去。不少人在西灣河海旁守候，也有人租船出海追蹤，但都看不到座頭鯨上水換氣。二〇一四年，近百條偽虎鯨在葵涌貨櫃碼頭對出海面覓食，一小時後向西北方離去。二〇一五年初，一條近三米的年幼領航鯨在尖沙咀碼頭附近迴轉，幾小時後失蹤，數日後被發現擱淺於大嶼山沙灘。牠們不是迷途就是路過，而我來不及追蹤牠們便消失了。

海島樂園的夢幻館酷像美國電影的科學基地，昏暗中一條明亮的圓柱形水槽不令遊人陌生。訓練員用了多久去教導白鯨吐出水泡？白鯨在水槽裏是否覺得自在？牠久不久上水換氣，攪動水面的陽光，光影變成火焰，燃燒着白鯨的想像力。牠身上的光紋變幻莫測，是自古以來最耐看的刺青。

好幾分鐘我看着水槽內的白鯨思考一道問題：五千五百萬年前，第一批潛進水裏的鯨魚祖先，出於甚麼原因選擇落水生活。如果出於兒戲，鯨的祖先大抵沒有足夠智慧預視到，後代的生理結構翻天覆地，還演化成地球上最大的生物（藍鯨）、潛水最深的哺乳類（抹香鯨）。但如果選擇出於成熟思慮，又或環境促成，準確判斷、忠於己見、勇於挑戰，便從鯨的體態得到讚美。

從古鯨化石、活鯨身上，生物學家找不到驅使鯨祖先行動的確切念頭。我卻想起好些生物學家臆測：龍王鯨並沒有因

繼續進化而滅絕，有少數藏身於偏遠海域並朝着與鯨截然不同的方式演化，結果成為所謂鬼鯨、海龍、利維坦等等描述的實體。我的想像力沒有那麼豐富，眼前是水槽裏被染成藍色的白鯨，牠只連繫到我行將轉換工作之事。我將要跳至另一個行業，頓覺自己是隻四蹄走獸從陸地遷居水裏，要麼迅速溺斃、屍身發脹；要麼艱難地適應……最終蹄變成槳，尾變成鰭，身體光滑而具流線型。

果然，在日後某些艱難得想放棄的日子裏，我想起鯨魚和牠們的進化史，而白鯨將訓練員由水池中央推起的畫面，恆久伴着背景樂曲的點題歌詞——「你引領我」、「你勉勵我」。然後，我又能提起一點點咬緊牙關的勇氣。

賞析

比較〈羽〉，〈看鯨記〉更進一步探討動物和環境的關係。作者仍然用「敍說」方式寫他看鯨的經過，但更富探索意味。敍是順敍，說是說明。比較寫彩鳳的一篇，〈看鯨記〉對觀看動物的鋪敍更闊，對動物的生態說明更詳，在「夾敍夾說」的行文中，讀者可以追隨作者身影，一邊看他到橫濱的海島樂園看白鯨的經過，一邊了解哺乳類動物由陸地進入海洋既宏偉又漫長的演進過程。在觀看了白鯨的表演後，作者讚歎「牠身上的光紋變幻莫測，是自古以來最

耐看的刺青」，卻一再為探究自然底蘊作出深思冥想，他假設鯨選擇到海裏生活是因為牠們可能有智慧：「如果選擇出於成熟思慮，又或環境促成，準確判斷、忠於己見、勇於挑戰，便從鯨的體態得到讚美。」

結尾的地方，作者回到以鯨喻人的題旨。「艱難地適應」生活的作者受鯨進化的激勵而重燃面對現實的勇氣。「看鯨」由肉眼的層次提升到心靈的互通，使這篇散文也成為一次完美的尋索之旅。

* 本文輯自麥樹堅《絢光細瀧》，頁 37-45。

漁翁

黃秀蓮

　　我遇見的漁翁，不是寒江之上孤舟獨釣的詩畫中人，而是為掙一口飯而餐風曝日的釣魚翁。

　　尖沙咀碼頭近鐘樓那兒，從前也曾蹓躂過，只是不曾留意到那石板地上給鑽了許多個二吋直徑的圓洞；直至前數天，見三數個孩子圍着那老伯伯，守在洞前熱切期待甚麼似的，方覺察到洞中別有乾坤。

　　那老伯伯蹲在圓洞前，左手握着纏滿了魚絲的塑膠手把，右手三隻指頭托着魚絲，用觸覺來感應魚絲那一端可有悸動，而魚餌哩，早伸入洞中，在海洋裏誘着魚兒了；原來圓洞的設計，是為青絲的漁郎和白頭的漁翁製造垂釣空間，於是尖沙咀那麼便利的地點，也就成為釣魚樂園，節奏急促的鬧市也平添了一分閒趣。漁翁身旁有一個回鄉客常用的紅白藍大膠袋，脹鼓鼓的不知塞滿了些甚麼；地上鋪了報紙，擱着一團半濕的麵粉，但見漁翁把魚絲從圓洞抽出來，餌已沒了蹤影，不知是給海水沖走，還是給機靈敏捷的魚兒偷走。漁翁雖嘆氣但不洩氣，只伸手往麵粉團上一捏，撕出一小塊，搓成球狀，插進魚

鈎，復投入圓洞去，如此一放一拉，再放再拉，一點也不心浮氣躁，只靜待冒失而饞咀的魚兒，闖入他佈下的水雷陣。

有頃，漁翁突然用力一提，再牽，魚絲順勢上揚，兩條尾巴狂抖的泥鰍，正瘋狂地在鈎上作無謂掙扎，圍觀的小孩子興奮得拍掌叫好；魚兒被擲入魚簍，因失水而鰭驚尾顫，扒啦扒啦亂跳。

小孩子見漁父大有收穫，一時興起，連忙掏出錢來，漁父便打開大膠袋，原來裏面藏着釣魚用具，有魚絲、魚鈎和作餌用的油炸鬼，那麼這一袋東西便是漁人生財的工具了。魚鈎呈八爪魚形，鈎上盡伏着危機，他用魚絲將之縛緊，囑孩子小心別讓鈎刺傷指頭，還把油炸鬼繫在鈎上一吋的位置，打發孩子往其他圓洞釣去。而他仍自顧自垂釣，有時魚鈎丟了或弄壞了，便換上新的，然後耐心的以一縷嫋嫋的魚絲，與大海中潛泅的魚兒鬥智鬥力。

我曲着身來觀望漁翁的一舉一動，站久了，兩腿發痠，而漁父在這兒已不知蹲了多久了，血液長期不流進，他一站起來時會不會一陣暈眩呢？半簍辛苦釣來的泥鰍，能值幾何，想漁翁不過是借着垂釣而有所得的形象來作生招牌，好招徠顧客而已，賣魚具所賺之蠅頭小利，才是他主要的收入。這漁翁，可不像柳宗元筆下那麼逍遙，為了生活，他靜靜的蹲着蹲着。

賞析

　　常有人誤會小品文篇幅必定很「小」，這是忽略小品文是以「小」見「大」的特點，單從篇幅着眼。但情況也與事實差別不大。小品文屬於散文中抒情、說理中最純粹的一個品類，但它不拘題材、靈活多變，常常透露深刻意念和雋永的風格。

　　讀黃秀蓮的〈漁翁〉，很容易就被那撲面而來的地方色彩所吸引。尖沙咀海濱，遊客必到之地，為何地面石板有一個可供垂釣的圓洞？作者有意把一個在尖沙咀碼頭釣魚的老伯，跟唐代文學家柳宗元在〈江雪〉中「寒江獨釣」的漁翁作一對比。作者觀察細緻，具體寫出老翁的形象：「漁翁雖嘆氣但不洩氣，只伸手往麵粉團上一捏，撕出一小塊，搓成球狀，插進魚鈎，復投入圓洞去，如此一放一拉，再放再拉，一點也不心浮氣躁，只靜待冒失而饞咀的魚兒，闖入他佈下的水雷陣。」

　　柳宗元〈江雪〉詩中的漁翁孤獨淒涼，釣魚是一種排遣寂寞的無奈方法，但尖沙咀這位「現代漁翁」卻是以釣魚來招徠顧客——原來他是經營賣釣具小生意的。〈漁翁〉這篇小品，可謂尺幅千里，像一篇微型小說，在篇末出現一個逆轉，打破讀者對於「漁翁」形象的古典聯想，又以其似而不似的複合性，活現了這個「現代漁翁」在城市空間中的謀

生方法，展示出既關心現實又着重藝術美感的創作意識。

* 本文輯自黃秀蓮《歲月如煙》，頁 26-28。

小而不陋的攤子

黃秀蓮

　　修理鐘錶的攤子，是世上最迷你的小店；它寬不足兩呎，深只一呎半，高約四呎，積木一樣，立在人流不絕的大道。這小攤有趣極了，幾塊木板三片透明膠，便做成一張工作枱、兩個小抽屜，構建簡單，內容卻精緻得很。錶帶掛得密密麻麻但又整齊有序，小鉗子、小螺絲批、小螺絲釘、大小電池與探測鐘錶心跳的儀器，像魔術箱的法寶——自小抽屜飛出來。在白晝，攤子移前數步，爭取較顯眼的位置，日色昏暗時，便退到一角，任鐵鍊五花大綁。

　　跑得太快太慢或索性不跑的內科，斷了帶折了針的外傷，只要交給鐘錶匠，他便輕輕用小鉗子把錶殼打開，把放大鏡往眼眶一套，那黑鏡柱竟穩穩黏着眼眶，透視着追分逐秒的力量；若問鐘錶匠：「入行多久了？」精算着一分一秒的人，也許忽然忘記了額上皺紋有多深，攤子風霜有多厚，錶中歲月有多長；半額皺紋，一手技能，只能在滿天殘照中粗略算算當天的收入夠不夠餬口。

　　這些小小攤子，不能不立足於繁華大道，又不能阻礙匆忙

的步伐，唯有體形盡量嬌小；謙卑自守，是道家所長。夙興夜寐，守恒不輟，乃儒家本色。再者，在一壞即丟的潮流下，小小維修站的存在，也提醒了街坊要惜物環保。那麼說來，小攤子是小而不陋小而精微了。

近年來香港的商業活動趨向於集團化，鐘錶行業早已建立連鎖店的王國，統一的形象千篇一律的店鋪已盤踞商業地段的腹地；一些鐘錶匠唯有放棄街頭作業，變成隱形人，藏身於一個不能與顧客直接溝通的角落，奉集團王國的名義奉門市部的「柯打」而低頭幹活，還有誰會留意那架着放大鏡專心一致的神情呢？在更換鐘錶螺絲釘時，他們也成為集團的小螺絲釘了。

每次我在路上遇見這些小攤子，總不由自主的要多看幾眼，慶幸它們能一息尚存，而且以那麼獨特有個性的形象，那麼鮮活有趣的姿態，來點綴路邊風景；也慶幸香港這城市還不至於太單調，還容得下小而不陋的攤子。

賞析

同〈漁翁〉相似，〈小而不陋的攤子〉的描寫對象也是城市中的小人物。不同的是，鐘錶匠擁有一個自己的工作間：「錶帶掛得密密麻麻但又整齊有序，小鉗子、小螺絲批、小螺絲釘、大小電池與探測鐘錶心跳的儀器，像魔術箱的法寶」。他們長年服務社群，參與了城市的建設，他們

的攤子「小而不陋」，成為集體記憶。

　　在作者筆下，這位擅長調校鐘錶時間的匠人也在跟時間競賽，「攤子風霜有多厚，錶中歲月有多長；半額皺紋，一手技能，只能在滿天殘照中粗略算算當天的收入夠不夠餬口」。當然，他也無法不同時面對城市劇烈的商業競爭，無法在街上開店的人，都成為「隱身人」。作者再次捕捉香港小市民的生活片段，把它們拼貼成香港獨特的風景。「隱身人」從此不再隱身，活現於我們的腦海中。

* 本文輯自黃秀蓮《歲月如煙》，頁 74-76。

沒有「背影」的一代

劉偉成

朱自清的〈背影〉可說是香港近幾代人的集體記憶，是打開話匣子的挽柄。儘管打開以後，大多牽連生離死別，或因其瀰漫而生的悵憾，令人內心戚然，卻又說不出所以然，漸漸你會明白朱自清的〈背影〉之所以為人傳頌，在於他把自己內心的關愛投射到那片朦朧的背影中，令它閃爍，但與此同時，又給它罩上悔疚的陰影，使之不過分耀目，可讓倥傯善忘的目光悄悄停留，體味謙恭的心在生命表層徘徊片刻後的穿透力。我們生命的質感彷彿也在穿透的快感中加厚，變得血肉、變得立體。縱然從朱自清其他文章中得知他和父親的關係並不怎樣和諧，大概是長輩自我保護的閉固心態與後輩自我完就的流動性格之間的齟齬使然。無論平常的衝突怎樣激烈，彼此的芥蒂在日後會否持續，朱自清所描寫的那個買橘子的背影，毫無疑問給父子倆打開溝通的一扇門，一扇通向深層反思的門，像皎亮的滿月，在悠悠的夜空中，引人仰望，令人思鄉、念親。

在二○○三年九月中旬，《武漢晨報》就〈朱自清〈背影〉落選新教材〉一文的報道失實而刊登「道歉啟事」，摘錄如下：「由

於記者採寫失誤，對主要事實未經核正，導致該稿失實，特向廣大讀者及相關出版社致歉。」我沒有深究失誤的原委，想是記者看到〈背影〉一文在學生口味調查中排名偏低，以為出版社只會按學生口味來選擇範文，所以在該報同版刊登的出版社的函件中，才會強調〈背影〉是「學習語文不可多得的範文」，出版社不會單單遵從學生的意願，還會考慮教師、專家和作者的意見，經多方面衡量後才敲定選文。當了教科書編輯多年，我當然明白這是一個說起來容易，但其實是最耗費心血又不討好的工序。無論甄選怎樣嚴謹，對於結果的反應總是不一而足，不是那個專家說題材不夠廣泛，就是那個老師說題材不夠生活化；當你加添生活化的文章，又有人說你所選的不夠經典，非殿堂之作，不足以成為學生的範例……總而言之，換來的大多是批評。最奇怪的是，教科書的終極用家──學生，他們的聲音卻往往不被正視。當然我們會說學生沒有足夠的分析力和學科知識衡量教材的質量，但正正就是學生這種直觀的閱讀，才能用心感受文章的情意，才能使文章和生命有所契合，所以老師為學生揀選課文的焦點該是那篇文章可以在學生生命中發揮怎樣的啟迪，而不是單單看文章是否切合學習重點和是否便於課堂上的講授。〈背影〉之所以是不可多得的教材，不在於文章在朱自清芸芸作品中佔着怎樣的位置；不在於買橘子父親的背影描寫得如何細膩，而在於〈背影〉這篇文章能否在學生生命中

敞開那扇反省的門。

記得編寫〈背影〉相關的寫作活動時，我設定的題目是「一個難忘的背影」，就是企圖幫助學生打開那扇反省的門。後來在討論會上，同事和一些前線老師都說學生年紀太小，未必有相關的經驗，應該寫不出來，建議我改換另一道題目。當時我心裏不知為何很不是味兒。我覺得一個難忘的背影，就像一首詩，是每個人的生命中不可或缺的。如果我們下一代的記憶中連一個難忘的背影也沒有，那不是由於他們生活經驗不足，而是因為他們總是先別人轉身離去。他們給別人送上自己的背影，但腦中卻沒有一個難忘的背影，不無諷刺。我記得我在中學時已累積了好幾個難忘的背影，足以讓我一生回味，或一生悔疚。

最早的一個背影是媽媽的。初中時媽媽為了幫補家計，工餘會到手錶廠拿一些零件回家裝嵌。整個工序頗為繁複，把「錶芯」裝入錶殼，封上錶面，再用手壓的椿機壓緊錶底蓋，再裝妥錶帶，最後把製成品放進袋中封存，才算完成整個流程。這樣的作業流程要重複數十次，才能賺得十元八塊。為免影響我們的學業成績，但凡需要做家課或溫習的都獲得「免疫」，爸媽會一力承擔全部作業直至夜深。有時我為了逃避這樣沉悶無聊的裝嵌工作，我會特意把功課拖慢完成。有一次我在校打球後，帶着一身臭汗，快步回家，準備灌飲一大杯冰水，然後沐浴更

衣，坐看喜愛的高達動畫，好好享受一個周末的午後時段。怎料，就在家門前不足五分鐘的路程上，我瞥見媽媽微躬的背影，她正用手推車拖着數十盒白色的卡紙盒，數量雖然不多，但裝滿了金屬錶殼，份量一點也不輕，即使雙手均往後扳，緊握把手，還是難以拖動。媽媽於是停下來，蹲下，鬆開緊束貨件的橡皮綁帶，把一半的貨卸在路中，然後把留在手推車上的一半拖前十數步，卸下，拿着空的手推車回頭把剛才留在路上的那一幢裝回車上，再向前拖，再卸貨，回頭重複相同的步驟，所以一小段路便用上了平常的好幾倍時間。當我想到之前的一大段路，媽媽不知是如何走過來時，心裏不禁湧起一陣強酸，嗆得我幾乎落下淚來。我揉了揉眼睛，深呼吸一下，便一個箭步跑上前幫忙搬運。媽媽如常地囑我要努力讀書，不要像她那樣如斯辛苦才掙得一點點餘錢，我沒有高聲罵她嘮叨，只是不絕點頭。那晚，我很快完成家課，媽媽正在裝嵌錶帶，如常地驅趕我去溫習，不讓我幫忙，我輕輕地應道：「媽媽，我知道分寸的了！」媽媽望了我一眼，然後笑着移動桌上的雜物，給我騰空一個亮白的作業空間。

另一個難忘的背影是爸爸的。爸爸平常省吃儉穿，一件襯衫可穿上好幾個年頭，即使領口已刷得發白，還是捨不得丟掉。一次，不知為何，大概是爸爸自己的襯衫不多，加上回南天濕度高，洗掉的襯衫還沒有乾透，沒有可供替換的，所以隨

手拿了哥哥的襯衫來穿。不巧，那件襯衫是哥哥視為赴考的幸運戰衣，異常珍視。當發現爸爸拿了來穿，哥哥便大動肝火，好些說話更是說過了頭，無意中牽扯到爸爸的學歷上（因為逃避文化大革命，爸爸被迫輟學，南下來港謀生）。爸爸望了哥哥一眼，一聲不響，低頭便去解襯衫的鈕，轉身步向浴室。良久良久，浴室才傳出水龍頭旋開的吱吱，以及水柱沖擊盥水盆的潺潺，之後便是搓洗的噗噗。翌晨，我起來時已見爸爸神情凝重地在熨壓哥哥的襯衫。我不敢插嘴，梳洗後便回到自己的房間溫習，不久爸爸走進哥哥和我共用的房間，把熨得漿直的襯衫掛在窗旁的衣架上，然後轉身步出房間，依然不發一言。我望着爸爸的背影，發覺他身上的襯衫反而沒有熨過，處處都是滄桑的皺褶，彷彿藏着說不盡的心事。我抬頭望那筆挺的襯衫，在悶熱的晨風中，沒有多少拂揚，長袖的褶骨，在莽撞的陽光中，決絕如鋒利的刀刃。我回過神來，才發覺只剩下我一個人還在爸爸背影的黯然中發獃。

　　除了雙親的背影，我慶幸回憶中還擁有不少難忘的背影，我在〈念德培〉一文中，記述過一位從小一起長大的書友的背影；在〈問路〉一文中，我描寫過一位好心的引路姑娘的背影。如果我們的下一代，連一個難忘的背影也寫不出來，那不是生活歷練豐富與否，而是他們對世事沒有一絲眷戀，總是試過便算，一用即扔。在和人交往的過程中，他們總是首先走遠，揚

長而去，懂得在別人身上� 掏取，卻不敢承諾，也不敢擔戴，更不懂主動去愛。我想如何讓我們的下一代擁有並珍視自己關懷的人的背影，誠是〈背影〉一文值得保留，甚至相傳的原因。

賞析

作者由朱自清的名作〈背影〉談到語文教材選取的準則，再縷述他生命中幾個難忘的背影，對比現今青少年記憶中喪失了可記取的背影，文章夾敍夾議。文章結構近似議論文，論點清晰、論據明確、論證過程自然而具說服力。

然而，〈沒有「背影」的一代〉所引出的討論，斷斷不只是一個教材選擇準則的問題，說它引出的是一個文化危機也不為過。文章由解釋被誤傳落選的〈背影〉說起：「〈背影〉之所以為人傳頌，在於他把自己內心的關愛投射到那片朦朧的背影中，令它閃爍，但與此同時，又給它罩上悔疚的陰影，使之不過分耀目，可讓倥傯善忘的目光悄悄停留，體味謙恭的心在生命表層徘徊片刻後的穿透力。」

作者指出，學生用心感受文章的情意，自會得到啟發。假如學生覺得〈背影〉不合自己的口味，必定是因他們缺乏有關的人生經驗，以至老師無法通過課文的情景架構，以生活的實例把這種情意傳授給學生。他所關心的，是人與人自然流露的關愛能否一代一代延續下去。現實

環境或教育方法會隨時代改變，但由文字轉化為真實的情意，卻是不變的課題。

　　為印證自己的看法，他夫子自道，先後敍述了看見母親和父親背影的經過，以及與朋友交往的難忘片段。作為印證論題的論據，這兩個小故事呈現了一個家庭由經濟困難和父子矛盾衍生的情感關係。作者雖然深知這世代心裏已沒有多少「背影」，仍堅持我們不能無情無愛地生活，提醒下一代重視生活意義為何。由知性的議論到感性的抒情，筆法轉折靈活，說服力和感染力相得益彰。

* 本文輯自劉偉成《持花的小孩》，頁 22-28。

鐘樓

劉偉成

　　我喜歡鐘樓，覺得它就是照亮城市裏的巨燭，筆直高聳，又不拖泥帶水，不會像大教堂那樣，撐出許多肋拱的枝節，又匍匐蔓生出許多春筍一樣的尖塔在爭出頭。

　　《歐洲細節》是本頗合我口胃的旅遊札記，集內五十二篇都以歐洲尋常的風物為題，在作者素素筆下，每篇都溢滿有趣的掌故、獨特的審美經驗，或生活體悟，看似是瑣屑一堆，卻又巧妙地拼湊出一幅幅靈動的人文風景。在〈教堂〉中，她發現「歐洲的城市很少有玻璃帷幕式的高樓大廈，人們像信守一種默契，把所有高度都讓給教堂。這樣的景象在鄉間或小鎮更為突出，在很遠的地方，就可以看見哥德式或巴洛克式小教堂的尖頂，那尖頂就像一隻高舉起來的手掌，上面帶着家人般的溫度。」在〈城堡〉中，她闡述：「城堡在我眼裏一直是黑色的夜晚，有蝙蝠飛來飛去，有女人的尖叫，有金屬物的撞擊和血的噴濺。」教堂和城堡都有尖塔聳立，因而成為歐洲許多城市裏的顯赫地標，統攝着許多年代人民的目光。

　　奇怪的是，整帙《歐洲細節》都沒有涉獵到鐘樓。鐘樓，和

教堂、城堡一樣高聳，但它鶴立，不屑霸佔、糾纏；它參與喧囂，但律己以嚴，雖然滿腹計算的「密圈」，吐出來的卻是詩歌韻腳一樣鏗鏘的鐘聲。就是如斯憨直，令我在芸芸「歐洲細節」中份外喜愛它，決意為它作一篇補遺。

如果說教堂的故事，偏重出世的超脫，那麼城堡便是入世的攻防。只有鐘樓，才是當下的昇華，無論它背後的故事多麼悲壯淒美，當你來到它的跟前，心神都會給華麗的鐘面懾住，或者給彈出來的報時塑偶，導向童話的意境，我們彷彿變成了愛麗絲夢境中的那隻引路的白兔，反覆掏出懷錶呢喃：「現在甚麼時候了？遲到了！遲到了！」有時候除了上方的大鐘，吸引宏觀的遠見外；下方還會有相對小巧、具備多重「機關」開合的報時鐘，來滿足尋常百姓近距離窺探的欲望，從這兩極化的設計看來，鐘樓倒是深諳自我推銷之道。每次旅歐，最愛就是站在鐘樓的影子下等候敲鐘，心裏猜想着不知道彈出的塑偶會上演怎樣的戲碼？

在布拉格的老城廣場，有一個精巧絕倫的中世紀天文鐘，鐘面除了時間的指針外，還有不同的圓環，分別代表太陽、月亮的軌迹，甚至黃道十二宮的座標，於是從這些部件的相對位置，便可以準確表示出不同的節氣。傳說天文鐘是由當時的鐘錶大師漢勞思（Hanuš）製作，他完成工作後，市議員不欲在其他城市出現同樣出類拔萃的天文鐘，便設計把漢勞思弄瞎。

雖然知道這只為了加強景點傳奇性的訛傳，但當我像一般遊客圍攏等待敲鐘時，我也禁不住暫時把它當成真事那樣去投入聯想，想像鐘旁邊的那個拿着錢袋、神情尖刻的雕像，一定就是那群市議員，代表勢利及貪婪；另外一個拿着鏡子在照的，應該是浮誇的象徵；至於另一邊則有一具十分突出的骷髏，它一手拿着沙漏，一手扯着鈴繩，代表死亡，敲鐘時沙漏是會倒轉過來，鈴繩也會響起來，彷彿是在警告人時日無多；骷髏的旁邊則有一個穿突厥服的、手拿着結他在彈的雕像，很多人都説不準它的象徵意義，我卻強烈覺得它代表「人生苦短」，合該「及時行樂」的人生態度，不然幹啥要站在骷髏旁邊。鐘響時，圓拱窗內的十二位門徒便會團團轉起來，且看你的眼力如何，是否可以憑他們手上的物件識別出他們的身份。如果想揪出誰是出賣良知者，大概漢勞思很願意把他的一雙瞎眼也借予你，讓你內心也變得澄明。

瑞士伯恩（Bern）的鐘樓，敲鐘時彈出的塑偶全都是熊首人身的，有的吹笛、有的打鼓、有的持劍騎馬、有的荷斧。這是因為 "Bern" 在德文的意思就是 "Bear"。傳説這座城市在十一世紀建立之際，常有熊出沒，居民經常要設法擊退牠們，但又以這種方式來紀念搏鬥抵禦的對象。從伯恩的鐘樓向前走一會，便是愛恩斯坦的故居，他在這裏開始了相對論的構思。穿插游走於他的起居間，從窗戶望向鐘樓，我便想這座報時裝

置，不知道在愛恩斯坦對時間的思考中擔當怎樣的角色？伯恩雖然現在不多見熊，但泉水至今不竭，並沿着大街流淌，每隔一段距離便建一個噴泉，方便居民取水日用。泉水從鐘樓那邊，帶着時光的鐘聲，一路流淌到愛氏的故居樓下，從參遜雕像的泉口溢出。參遜力大如熊，他有一頭的蓬髮，愛恩斯坦亦然，那就是他力量的來源，也是時間糾結之處。

教堂和城堡的高塔有不少都可以讓遊人登臨，但鐘樓由於上頭有巨大的機械裝置，所以鮮有讓外人造訪，這令人更添遐想。因着報時的職責，總覺它每天都在留意下方百姓的起居作息，通曉各家各戶的處境。如果要我拿一位童話人物與它匹配，我會毫不猶豫地舉出王爾德的「快樂王子」。

就是這個聯想，我創作了《鐘樓的客人》這部童話。只是鐘樓並不能像王子雕像那樣有裝飾的寶石可以分送，鐘樓最寶貴的指針對於居民來說可能只是爛銅爛鐵。於是我想，鐘樓有甚麼可以送人，而居民又會予以隆視呢？最後我這樣開始故事：因為鐘樓報時從沒有出現誤差，所以小鎮流傳一句諺語：「做人要像鐘樓一樣守信用。」鐘樓送給居民的是一個處世的標準。鐘樓的客人，和「快樂王子」一樣，是燕子，不同的是牠不是助鐘樓行善的信使，而是帶來誘惑的浪子。燕子給鐘樓講述自己在各地的經歷。鐘樓聽得入神，忘記了報時，漸漸沒有人再相信鐘樓，燕子沒有留下來陪伴鐘樓，而是兀自飛到別處去過冬，

鐘樓連肚子裏的塑像都給移到別處去了，只剩下空空的軀殼孤零零地流下懊惱的淚水，就像一根點燃了的蠟燭。

我慶幸自己的城市裏也有一幢古雅的鐘樓，多年來它依然呆呆地佇立着，可惜，它早已給消音，變得瘖啞淒清，但願我可以做一世燕子，嘗試一下抉擇委身留守還是當個過客，這可說是心靈絕對自由的體現。

賞析

在第二本散文集《翅膀的鈍角》裏，作者劉偉成改變了《持花的小孩》中抒情、論理的基本散文格局，走進他的「故事巷」裏，出入文學、童話、繪本、電影、西洋畫，在過去事物上表露了一種懷舊感情。

從生活中，展示了他對人文學科廣闊的興趣，而且往往親訪有關事物，尋求更深入更細緻的體會。〈鐘樓〉是集內其中一個篇章，開篇即稱讚鐘樓更勝尖塔，「覺得它就是照亮城市裏的巨燭，筆直高聳，又不拖泥帶水」，鐘樓像有生命一樣，「它鶴立，不屑霸佔、糾纏；它參與喧囂，但律己以嚴」。作者筆鋒快轉到布拉格老城廣場、瑞士伯恩的鐘樓，以及各種相關的設計、傳說和周邊的環境。但「時間」始終是這篇文章所貫串的主題，作者在篇末更提及他寫的一篇童話，把鐘樓所象徵的意義揭示出來：做人要像鐘樓

一樣守信。否則，它不僅毫無燭照世界之用，更是一具「空空的軀殼」、「爛銅爛鐵」而已。

〈鐘樓〉環繞特定事物來寫，從容運筆，娓娓而談，時而具體、時而抽象，宏觀中有微觀。風格上，能得學者的博雅，亦具詩人的睿智，頗堪細讀。

* 本文輯自劉偉成《翅膀的鈍角》，頁 282-289。

美哉少年

一

「美哉少年」的讚歎或感慨，重點究竟落在哪裏？

「美哉少年」，也實在叫人有太多不同方向的聯想。會是飄向畫船的柳外桃花，還是青筋暴裂的八十後青年？是我早會講話時，眼前一排又一排的可愛面孔，還是燈紅酒綠間的早熟孩童？是志在千里的青年才彥，還是迷醉在群組網誌的透明少年？我們都渴慕、歌頌青春。相同的起點，投落在不同的線道。青春，蜿蜒游走在匆匆一百數十年，多元而不穩定，萬千可能，卻又如此統一單調地展現在我們的時代。

小說和戲曲故事，綿延千年。這一夜，慧娘站在船頭，想像着今夜是一個怎樣的晚上。周朝俊借愛情鞭撻歷史，對觀眾讀者也算是涼薄；唐滌生竟死在首演之夜，又未免太過認真淒涼，我的選擇可以在哪裏？賈似道已經來了，那邊少年人的身影正遠去，琴聲漸隱，但歷史的迴聲卻叫得很淒厲。我不着重「美」，因為那到底是彈指即落的事；「少年」雖然可愛，但整個西湖又何止是這瘦腰書生？會不會是「哉」字，那代表了讚歎的

力度，原來沒有語言描述、句法修辭的偽飾，反而直指了生命的真如本性。

如果你看到這裏，不會落淚，只有悄悄推開的心窗，讓情愛的風竄入。文學家說這用語太濫情，我就是要如此！一言殺妾，無情殘忍至極，何嘗不是另一種濫情。渺渺遠遠的文學故事，《綠衣人傳》、《錦莊遊春》的片羽麟爪，彈着強勁的琴音，故事再變，人物形象再不同，這些古人的悲鳴，仍然如雷貫耳。詩人告誡眾生不要濫情！寂寞和溫柔都不可以搬弄，不要想起江南，不要想起長江，更加不要想起洛陽和長安。楊柳是屬於周邦彥和柳耆卿的，瑞士錶和科學館就只好撥歸余光中了。我不喜歡這樣，歷史和歷史之間有一道夾縫，叫它暗繫和過渡，還是叫它絕裂與斷口，所以濫情或許是青春的專利，每一個人的成長過程中，都有金黃亮閃的一截，古往今來都一樣，最公平不過。

站在早會的講台，鼓動的人頭和身影。曾幾何時，我也抱琴而來，在橋頭、在井然的隊列之中，同樣地自負才氣，同樣地在生活中作客，少年歲月，回看已經蠟蠟黃黃，卻永遠閃耀光芒。成年人只餘下沉潛穩重。青春、童真，是帶鋒芒的罡刀，我雖高站台上，反而深深感覺到處在下風的位置。青春是開向無限的起點，正因為有無限的可能，所以無論選擇以哪一種方式度過，都是一種浪擲。浪擲的豪情，慢慢會轉成步入人

生中年的心事。然後你回望、緬懷和懊悔都難免湧來，沒有人躲得開、避得過。可是從另一面看，又何嘗不必然是一種獨特、珍貴而難忘的經歷得着。

二

孩子的美，也美在單純直接，沒有耐磨的恩怨情仇，偶有攻訐不忿，也可以瞬間轉化為天真的笑顏。

或者應該從一宗「冤案」說起：

這不知是從何說起的一個故事，所以我只能認為是一宗冤案。時間並不重要，地點在某大書局，主角，噢！應該是苦主，是……區區在下。

已記不起是哪一本書吸引了我的專注，反正我站在書架前，聚精會神在閱讀，忽然左腳被物件撞了一下。哎呀一聲，一個兩三歲的小孩跌坐在我臉前。我來不及反應，已聽到小孩子嚎啕大哭起來。

對小孩來說，我可能只是一枝不識趣的街燈，又或者只有一棵橫立街頭大樹的意義。樹下，沒有檢拾死兔的便宜。

小孩子坐在地上，聲淚俱下，我聽得淒楚，真的開始認為自己犯了錯。

婆婆聽到哭聲，一邊走過來，一邊說。我先說他不小心跌倒了，小孩子說不是呀，是叔叔弄跌我的。小孩子當然沒有說

謊，如果我不站在那裏，他是不會跌倒的。叔叔不是有心的！叔叔已道歉了，不要鬧。一刻間，我變成了等待寬恕和輕判的犯人。小孩子站起來，揉揉眼睛，沒有看我一眼，慢慢止了哭聲，走到另一書櫃前的八、九歲哥哥身邊。哥哥正翻着一本漫畫書，入神地看，沒有理會弟弟。我看着小孩子又再蹦跳着說：「哥哥，你在看甚麼小說呀？」老人佝僂着身子追過去，不忘回頭向我露出微笑，似乎在道歉，也似乎在寬恕我。我稍微掀動臉上肌肉，算是反應了，同時也就知道，不是所有冤案都需要，或者是可以平反的。像這一宗，由案發到定罪、宣判，原告被告都是迅雷不及掩耳，原告漫不經心，受害人身份模糊，法官也滿臉祥和。

所以我喜歡小孩子，青春和童真，叫人性散發美好。這裏只有誤會，沒有真正的恩仇；只有錯誤的判斷，沒有永遠的謀算。我看着孩子兄弟兩人笑着，挨着肩看書，老人家微笑着站在旁邊，就像從來沒有發生過任何事。一刹那前的哭聲和冤誣，輕飄飄得在孩子的笑容間，流出去了，尋不着半點痕跡。

三

沉重只是人性的自我繁衍，無端自招，愈長大，愈自甘放棄。成人世界常把簡單的美好，變成一種可以貼上價格標籤的陳示。社會倫理的墮落斯喪，最顯見於童真的濫用和被廉價出

賣。廣告專才獨具「匠心」，於是坐在電視機前，你會發覺任何商品或服務的呼籲與招徠，都會善用孩子。快餐店、玩具等固然如此，就是勸喻市民死後捐贈器官，借一個癌病者家人孩子說多謝；減肥纖體的合理與吸引人，竟然是一個小朋友看見母親變瘦了，覺得自己作為人子，可以重拾自尊體面。鼓勵環保、連鎖藥房，都用上孩子的天真，最可惡者是連財務公司唆誘人借錢償還信用卡債款，也利用小朋友對美滿倫理生活的期盼，看到電視熒幕上，那不知年齡的孩子，知道財務公司批出了貸款，就興奮地說：而家媽咪開心番，我都好開心。我看着那些硬擠出來的天真，心內卻十分難過。

社會對童真的另一種砍伐，是把童真作聰明的轉換。那些奶粉廣告把聰明的小朋友定義為懂得計算中學生的數學題，或者說一兩句爛笑話。為人父母，誰會期望自己的孩子，閃着狡點的眼神，然後以別人的純樸，墊托起自己的奸猾，這就是我們這時代對下一代的期盼嗎？我們認為孩子的聰明可愛，就是如此嗎？哲學家說，一切事物都只有一種本質真象，因為看的人角度、位置不同，懷抱的經驗、成心和動機都不同，於是看出來全都不同，都是假象。美在深情、美在善良、美在純真，都是中國人講究的美。對於正常的成年人，願我們永遠記得：孩子的美，是未被成年世界機關謀算玷污的心靈，是健康活潑的舉手投足，是一張張笑意無限的孩子臉。

另一邊廂，社會出現「港男」、「港女」的詞語，很快又出現「港孩」，總結香港孩子的可怕。彷彿在之前冠以「港」字，人物就被標籤，變得不堪，作為香港人，不能不怵目驚心。總結孩子的不足，對成年人是喪氣的事，相當打擊為人父母者的士氣。時代最大的病症，未必是出現很多的病症：抑鬱、焦慮、驚恐云云，是醫藥過分昌明，還是人心過於脆弱？不論成年人或小孩，還有閃爍耀眼的少年時代，都需要關懷和欣賞。任何年代，任何空間；不管是表述對愛情的企盼，還是成長的惶惑，「美哉少年」都是一句動人的喟歎！教育，叫我們相信我們如何描述其他人，其他人就當如何。「港孩」何必一定要落在貶抑的窠臼，而且世上究有誰人，能夠活得豐富充實，甚而足以成為權威，述說別人生命的軌跡應當如何？

少年是燦爛人生的開端，梁啟超甚至以少年來形容衰老中國復興之兆。初讀〈美哉少年〉的讀者，也許大多能理解這是一篇感悟少年、解讀少年、謳歌少年的文章。不過，作者在展示少年之「美」的用心上，卻與一般文章有異。文章獨特之處也是它的結構獨特之處。它不取「起、承、轉、合」的文章套路，而用三個相對獨立的大段（部分）寫出他對「少年」之「美」的觀點。

第一大段是從「美哉少年」這句出自粵劇《再世紅梅記》的警句抒展出來。故事中李慧娘因讚歎裴禹之美而讓賈似道興起殺妾之念，作者於是拈出「濫情」討論，指出雖然「濫情」為詩人、古典作品所力避，但仍感到那是少年的專利，也是人生必然的經驗。

　　第二大段中，作者記述自己與一個孩子的誤會以及他通過這遭遇所印證的想法──少年人是單純、直接、充滿童真的，「沒有永遠的謀算」。

　　第三大段，作者批評成人世界裏「童真的濫用和被廉價出賣」。童真被作為廣告，於是少年人「都閃着狡黠的眼神」，異化為「港孩」，而這不是少年的真象。作者在這段文字總結：閃爍耀眼的少年時代，需要關懷和欣賞。身為教育工作者，作者亦憂心教育會變質，流行觀念會扭曲真正的少年之「美」。

　　〈美哉少年〉以一句曲詞引起作者百般聯想和不斷的思考，三個角度反映了作者思慮之深入和對「少年」無限的讚歎。章法獨到，使人省察。

* 本文輯自潘步釗《美哉少年》，頁 11-17。

情陷大磡村

鄭鏡明

　　母親又回娘家了。她每年總有一兩次這樣離家的。一家十二口，單靠父親一份微薄薪金，生活當然拮据，加上婆媳不和——粵語長片的老套故事，在我小時候的家裏不斷上演。母親往往受不了祖母的氣，收拾幾件衣物便走了。

　　父親如常沉默了好幾天，等到休假時，才對我們說：「到『姊公』家去吧。」我們叫外公做「姊公」、外婆做「姊婆」，是客家人慣常的稱呼。我們滿心歡喜，因為可以吃到外公煮的美味鮑魚了。

　　父親首先打了個電話到外公家去，通知一聲。出發了，父親帶着我們幾個小孩搭乘個多小時的柴油火車，由粉嶺站到達尖沙嘴總站，然後轉乘大半小時巴士到新蒲崗，接着步行大半小時，才抵達大磡村。我們走過一條大明渠的石橋時，早有些親友在村口等候。

　　大磡村是九龍市區一條歷史悠久的鄉村，據說明末清初時，朱元璋的後裔逃到這裏來，自此落地生根。二百多年來，村長一直是由姓朱的人來出任。那時的大磡村是典型的客家

122 | 回首

鄉村，滿是矮小木屋，一片黑壓壓，直到獅子山下；村裏泥路縱橫交錯，有許多水井、菜田、雞場和豬圈，如果沒有熟人帶路，很易迷途的。

外公朱錦芳是村長，村民都叫他「朱伯」。他有一間大木屋，樓頂很高，這樣的屋子，在村裏算是有體面的。我們走進大客廳時，裏面坐滿了舅母、姨母、姨丈等親友，當然還有外公、外婆和母親。有人迎上來，笑說：「好了，姑爺來了！」母親拿了些糕點給我們小孩吃，沒看父親一眼。父親沒趣，只好跟親友聊天，大說客家話。我吃糕點時，愛看掛滿客廳四壁的先人遺像和神位，那些黑白大照片裏的人神情肅穆，在陰暗光線下份外神秘。

大人說話時，姨丈便叫我們小孩去他開設在村裏的雜貨店，吃糖果、看電視節目，嘻嘻哈哈。有時，表哥或表姊會陪我們到附近的啟德遊樂場，玩樂一番。我卻較愛看外公工作，愛聽他說故事。

外公很瘦，七十多歲，頭髮差不多掉光，嘴裏只剩下幾顆黃牙。他常常穿上一件舊汗衫和短褲，腰間纏了一個很大的黑色錢包，愛赤着腳下田。他有幾塊田，種了一些瓜菜，還有豬圈、雞場和果樹，夠他忙的。他還有些田是租給別人耕種，每年收取一點田租。

每當我們來了，外公便下田摘些新鮮瓜菜，殺幾隻雞鴨，

還親自下廚煮美味的鮑魚，弄一頓豐盛晚飯給我們吃。母親說，外公是村裏著名的大廚師，凡有喜宴，都由他「掌鑊」，即使四五十圍酒桌也難不倒他的。難怪外公煮的東西總是那麼美味了。

有一次，我坐在豬圈的木瓜樹下，看着外公切野菜來餵豬。他蹲在地上，赤着膊，炎熱陽光照亮了他瘦削的背部，像龜裂的泥土。幾隻大肥豬懶懶的臥在地上，一面低聲叫，一面用尾巴驅趕蒼蠅，等着吃東西。外公把切好了的野菜放進一個木桶裏，加點豬糠，再到屋旁那口大水井取水。井水冬暖夏涼，味道清甜。外公拿了一根木棍來攪拌豬食，然後倒進豬槽裏去，那些大肥豬便「咯咯」大吃……外公忽然問我怕不怕鬼，嚇我一跳。

外公笑說：「鬼也有好的，不會害人。」他說，他每天清晨兩三點便挑着兩個鐵桶，到新蒲崗的茶樓取餿水，用來餵豬。外公有好幾次看見村口那條石橋上有一群黑影，有男有女，有老有少，一個接一個的跳下橋去，在大明渠裏嬉水。外公一面走，一面敲響鐵桶來壯膽，那群黑影便消失了。

「是野鬼，陰魂不散，」外公說：「都是給日本鬼子殺死的，不願投胎。」他說，日軍佔領香港期間，曾在村前殺了不少人。他指着村後的獅子山，說日軍就是攀山走下來的，一大群一大群，像螞蟻。我愛聽外公說的鬼故事，他也樂得說。他教我一

些簡單的善惡道理，不外乎「好有好報，惡有惡報」、「平生不作虧心事，夜半敲門也不驚」等。他是用這種方式來逗弄着外孫的。

有時，我也跟母親去串門子，探望村裏的親友。下午，村屋都門戶大開，雞、狗、鴨等自出自入，男人都坐在門檻上吸水煙、聊天，女人都在黑沉沉的客廳裏收聽電台的廣東大戲、串膠花，小孩則愛玩「拍公仔紙」⋯⋯不知怎的，客廳的牆壁上都掛滿先人遺像，虎視眈眈。我們走在路上時，常常碰到熟人，這個叫母親「鳳姑」，那個叫「鳳姊」。母親笑容滿臉，絕對不像在家裏時那麼可憐、委屈。只有回到娘家，母親才回復了身份和地位，重拾尊嚴。看到母親高興，我也高興了，連帶也喜歡村裏的人，感到親切。

父母是自由戀愛的。母親年輕時在一間工廠當女工，認識了父親。她覺得父親英俊、樸實，又是客家人，有了好感。那時父親來了香港才幾年。

父親以前在家鄉務農，抗日戰爭時期參加共產黨「東江縱隊」，在珠江三角洲打游擊戰，當上了能佩戴短槍的小幹部。日本投降後，國共和談，根據雙方協議，「東江縱隊」奉命退出廣東，部隊結集在深圳大鵬灣附近的葵涌，然後搭乘美軍軍艦開往山東「解放區」。父親沒隨軍北上，和父母遷居香港。他後來進了政府鐵路局，當上站務員。（一個「小共幹」，竟然能逃過港

英政府政治部的背景審查，當上公務員，很傳奇。）他約會母親
幾次，兩人吃過幾頓飯，便結婚了。（革命的「小共幹」愛上「封
建地主」的女兒，也很傳奇。）

吃晚飯時，往往天還沒黑。大魚大肉，十多人圍着大圓桌
吃飯、喝酒、閒話家常。外公煮的大蝦、鮑魚、海參等菜都美
味無窮，特別是鮑魚，有一種濃濃的燒酒香氣，很嫩很滑。我
們幾個小孩大吃特吃，肚子脹脹的，外公見了便笑。外公很節
儉，卻捨得花錢買來鮑魚給我們吃，他知道外孫難得吃到鮑魚
的。

吃過晚飯，天快黑了，有親友便來勸母親：「阿鳳，和姑爺
回家吧。」外婆又勸幾句，母親一直沉默。父親這時低聲下氣
說：「回家吧。」母親才答應。通常是這樣的圓滿結局。我們於
是離開外公的家，拿走大包小包禮物。臨走時，外公不忘塞些
鈔票給母親。親友亮着手電筒帶路，跟父親走在前面，母親和
我們在後面，在一片驚惶的狗吠聲中，慢慢走過昏暗的村路。
走到村口那條石橋時，大家才分手。我們開始踏上漫長的回家
路途。

幾年後，祖母逝世，母親是正式的一家之主，很少嘔氣回
娘家了。外公和外婆也相繼在家裏去世，是屬於「笑喪」。自
此，我們很少回大磡村探親。後來才聽說外公的大屋和田地逐
一變賣了……

漸漸，新移民湧往大磡村，大量菜田都變成了簡陋的鐵皮屋和木屋，異常擠迫和污穢，環境變得惡劣。我熟悉的大磡村褪色了，再沒有淳樸的農村風貌。政府自一九七〇年代起便分期清拆大磡村，直至二〇〇一年才清拆完畢，龍翔道、大老山隧道、星河明居、志蓮淨苑等先後建成，但還有大片土地丟空，滿目荒涼。

每當乘車經過大老山隧道時，我看着大磡村的遺迹，總是惆悵，往往想起村口的大明渠、石橋、外公的家、姨丈的雜貨店⋯⋯還有啟德遊樂場。當然，更想起外公說的鬼故事，以及他煮的美味鮑魚。

幸好母親得到外公真傳，也煮得一手好鮑魚。我們每次回家吃飯，吃了鮑魚，都大讚好吃，比甚麼「阿一鮑魚」好吃得多。母親笑說：「你們『姊公』煮的鮑魚才好吃。」

有一天，我逛書店，看見梁廣福的攝影集《晴天‧雨天‧大磡村》，立刻買下來，急不及待拿到一間連鎖咖啡店裏去翻看。我越看，越奇怪，心裏咕嚕：「不像呀！怎麼都不像⋯⋯」其實細心一想，原來攝影集裏的照片是在八、九十年代拍下的，當然與我記憶中的六十年代截然不同了。

但我喜歡這書，要送給母親看，讓她重溫一下她在大磡村時的生活；可惜父親不在，不能讓他回憶到村裏去接母親回家

的往事了。

　　劉勰在《文心雕龍・情采》指出詩歌、文章「繁采寡情，味之必厭」。他的意見，引申來說，是指文章好壞的關鍵在於各種條件如何達致平衡。因為「繁采」未必不值得欣賞，「寡情」的文章也不一定卑劣。只是當上述兩種性質作了不適當的結合，就可能打破文采和情感應有的平衡，產生使人厭煩的感覺。

　　讀〈情陷大磡村〉，我們也許不會要求作者在文章裏炫耀修辭，但也許期待他能通過歷史考證，詳確描述舊日大磡村的面貌。然而作者只是描述了自己童年時代和家人的舊事，而這些舊事也是發生在很多年前、寮屋地貌還未改變時的大磡村。那麼，這篇散文吸引我們的地方是甚麼？

　　我認為是「情」。「情」是情感，是作者環繞特定內容所引發的情思。有人認為，情感豐富的作者能不假修辭而能做到辭采精拔，但這個假設並不一定成立。無寧說，作者越專注所要表達的內容、投放情感於其上，越能使讀者專注，辭采的多寡、濃淡只是技巧問題。簡言之，形式或技巧始終是為內容服務的。作者既以寫外公的勤勞、寮屋生活的簡樸、上下兩代人的融洽相處，相應的語言技巧自然

是簡樸、平淡、生活化為主調。相對來說，穠麗的修辭就不太適用了。

　　大磡村所以成為作者情感的背景，原因顯然：它是作者外公的家園，作者不但在村裏度過一些童年日子，有不少愉快和新鮮的經驗；看見母親每次回到外家時都比較高興，也留下深刻的印象。其次，這是作者早期記憶中的「家園」，具有鄉土意識。在平淡的敘述中也能偶現波瀾，像祖父說鬼故事之陰森可怖、曾加入游擊隊的父親竟能通過港英政府的考核等等，均同本土歷史有所關連，讀來更別具一番意味。

* 本文輯自鄭鏡明《情陷大磡村》，頁 78-86。

地上地下

黎翠華

　　巴黎，不知為何總教人想到浪漫。大概是樹影婆娑的碎石子路，大概是打扮詩意的美麗女子，大概是永遠擠滿人的咖啡館，組合成一個遠離實際生活的印象，彷彿這裏的人只會喝葡萄酒和談情。事實上，法國人重視方法，科技先進，一八八九年高速完成的鐵塔就是為了表揚全新的建築方式和鋼鐵技術。如果把這個城市拆開，比較一下地面和地底，或許能體會到法國人如何結構精密地去表現他們的「浪漫」。

　　從高空俯瞰，巴黎像個蜘蛛網，最原初的中心是西提島。街道是放射型的，以無數圓形廣場作連結點，星星狀的向四周展開，三角形的街區教人轉幾個圈就不知去了哪裏。因為時常乘坐地鐵，地面給我的最初印象是碎散的，輪廓非常模糊，東南西北湊不到一處，既不清楚羅浮宮在凱旋門的哪一面，亦不知道鐵塔究竟在河的左岸還是右岸，只懂得在不同的站下車。要遊覽某個地方，必須知道站名。所有建築物一組一組的佇立在這些站之上，像公園，地鐵站是根，它們是花朵。與混亂的地面相反，巴黎的地下鐵路系統經緯分明，有十四線，兩條支

線，另加五條直通市郊的快線，總共二十一線，構成一個龐大的地下網絡，吸收四面八方的能量，滋養着這個城市。有頗長的一段時間，我是依憑地下的系統去認識地上的系統，兩個不同的世界，逐塊把它們黏合，漸漸構築成一個整體。

真沒想到地鐵竟會是「古老」的。對我來說，地鐵只代表「現代化」和「速度」。香港的地鐵簡潔明快，最初只有三條線，四個終點站，過程乾淨俐落：自動售票，不必跟任何人打交道。金屬材質的車廂帶引乘客進入高科技世界，真正涼冷的「酷」。那快捷更非其他陸上交通工具可以比擬。根據這些經驗，可以想像，我在構築了一百年的天羅地網中遊蕩的那份驚訝。

本來，巴黎在一八五〇年就計劃興建地下鐵路，因為市政府和國家的爭執，竟延至三十年後才開始動工。這期間，倫敦和布達佩斯都有了地鐵。最後為了趕上一九〇〇年的世界博覽會，由市政府取得監管權，成立巴黎地下鐵路公司，在一八九九年完成一號線，為蜂擁而來的旅客解決交通問題。跟着其他的路線接續發展，有些地鐵站仍保留舊式的木製電動樓梯，說不定那就是今天電梯的原型。從這些喘着氣的老梯級到無人駕駛的十四號線，從優雅的巴黎西到平民化的巴黎東，從展示藝術複製品的站台到滿佈扒手的通道，從十九世紀走到二十一世紀，巴黎地鐵既新亦舊，既美亦醜，既有秩序又混

亂，是追求也是矛盾，是一座展示百年來人類種種奇思異想的大博物館，一件還在進行中的「行動藝術」。

一九七三年，法國已把先進的磁卡技術運用到地鐵的自動檢票機上，但仍像百年前那樣以人手售票，只有主要大站才有售票機。對於言語不通的遊客這真是苦事，偏偏法國又是個遊客最多的國家，站裏時常徘徊着些一面茫然的異鄉人。地鐵的總長度二百一十一公里，有三百八十個站，任何一條街不出五百米就找到一個入口，每三至五分鐘就有一班車，設計周密，但每年總罷幾次工，相信是世界上罷工最多的地鐵。平時便利慣了，此刻就成了痛苦，而且是加倍的痛苦，像越高越大的房子塌下來受害者也越多。第一次遇上罷工，天上飄着雪花，能見度甚低，我站在混亂不堪的街上，都不知道自己究竟在哪裏，萬分惶恐地找計程車，又去找公共汽車，結果是方向不辨的步行了三個多小時回家。在路上，第一次看見那麼多剪了枝的梧桐樹，如緊握拳頭的手，密密舉向灰暗的天空，苦撐着重壓下來的雲層。第二天，仍沒有車。第三天，依然沒有車。行人平靜地走着，沒有人為此而歇斯底里的尖叫。第四天……後來我適應了。日子總得過下去，早上到附近的幾個站一看，有車就上，也不管去哪裏，能轉就轉，轉不到車就跑出地面步行一段路，再找別的站，最後總有辦法回家。這個情況斷斷續續的幾近三個星期。每天拿着地圖出門，不知道能去甚麼

地方又會遇到些甚麼事，也因為這樣，地底和地面漸漸結合到一起，而我也很瞭解這個城市了。罷工打斷了人們「地鐵、工作、睡覺」的生活規律。這不可知的一天既新鮮又疲累，不可規劃但又無法逃避。面對將來臨的困難，人們不得不培養出一種奇異的樂觀，譬如從隨時停駛的地鐵轉移到咖啡店裏繼續看書，到公園透透氣，乘機不回家，等等。後來行車恢復正常，大家就像夢遊者那樣回到秩序井然的生活中。

貴族不需要地鐵，農民也不需要地鐵。不用說，當一個城市的活力越來越旺盛，經濟起飛，人口越來越多，充滿新興的中產階層，要上班下班、逛公司、看電影、上餐廳……自然就促使捷運系統的誕生。以前的巴黎地鐵分頭等和二等車廂，到近年才取消。幾個名家設計的地鐵站入口被評定為巴黎的歷史文物。這種新藝術風格在上世紀初影響整個歐洲。它除了是視覺上的突破，亦同時是技術上的突破，堅硬的金屬和脆弱的玻璃組合，是科技和美術共襄盛舉的典範。這些用心看得出是為了迎合當時的流行模式。一百年之後，地鐵裏多了另一個階層——無固定居所的流浪者。不是一個兩個，而是形成一個社群，法文簡稱SDF。他們不在乎甚麼等級的車廂，不計較站台的設計，也甚少上車。他們只需要一個休息的地方，不冷不熱又不必付租金，地鐵站就相當理想。他們找不到工作或根本不想工作，也有白天上班晚上回站台睡覺的。這些長期或短期的流

浪者，不一定被一切放棄而棲身於此，也有人自動放棄一切而來。物質的極度發達催生了地鐵，地鐵裏又有些人過着一無所有的日子。如何生活得更幸福？車裏的人和車外的人各自朝不同的目標前進。

相反，扒手和討錢的都有自己的窩，地鐵站只是一個「工作」的地方。以前只有吉普賽人行乞，頭上包着花巾的女人手抱嬰兒，身邊寸高尺低地跟着幾個邋遢小孩，滿臉哀愁的向途人伸手。連幾句簡單的法文都不會講的，把話寫在小紙片上，到處遞給人看，有點戲劇化。東德圍牆推倒之後，漸漸多了東歐人，也分不清何國何鄉，不是老弱婦孺，就是因戰禍而斷手斷腳的殘疾人。有一次途經某大站，在密如雨林的腳步叢中我看見一個無手無腳的軀體。他光着上身，只穿了一條短褲，頭顱像上了發條般的不住往地上點，旁邊放着一個盛錢的空鐵罐。我驚得呆在那裏，冒出冷汗，以為自己在做着甚麼惡夢。在一個天上滿佈衛星的年代，一個高度現代化的地鐵站裏竟然有這麼殘缺的「人」。與天地無關，完全是屬於人的「不仁」，顯示人類最醜陋的一面。

近年車廂裏多了一種頗特別的討錢方式。首先，上來一個男或女，站在那裏向大家介紹自己。他幹過甚麼工作，曾經怎樣怎樣，總之跟大家一樣好好的生活着。後來，因為不同的原因，或公司倒閉或身患重病或被伴侶離棄，落得一個可悲的下

場，甚至很久沒有吃過一頓好飯了。所以，大家要幫幫他的忙。基於互助團結的心態，我也給點錢。後來，每個站都有不同的人，這個剛下車另一個又上來了，實在給不了那麼多，只好裝作聽不懂。豈料有個惡人，很生氣的跟我說：「你連一塊錢都沒有嗎？」好像我欠了他似的。這之後我就不理他們了。

地鐵也是一個巨大的音樂演奏廳，因為那些纏繞不休的地道，音響效果特別蕩氣迴腸。除了鋼琴，甚麼樂器都有。手風琴、口琴、大小提琴、吉他、笛子、鼓、色士風等等，反正能搬得進地鐵站裏的都有可能出現，甚至有小型交響樂團。雖然大部分表演者都是跑江湖的賣藝人，偶然也有出色的。一個雨天，我在行人稀疏的地道裏聽到小提琴的聲音，旋律非常優美，幾乎不是人傳達的；那應是一顆水清的心化作流雲，無限舒暢地在空中滑翔，是天然成就的樂章。走到近處，竟是一個年輕男子，穿着米白的高領毛衣，淺栗色的長髮捲曲着從臉上紛披到脖頸。他閉着眼睛，那投入程度不是為了演奏，是為了在雨濕的空氣中釋放自己，讓滿溢的詩意沿幽深的地道飄然遠去。

地鐵是平凡的，被設定的，千篇一律的，同時又不可思議。

在車裏，我欣賞過木偶戲表演。兩邊扶手拉上布幕，一分鐘建成的舞台。

有人把獨木舟搬進來，斜角擺放，佔了三分之一的車廂。

因此中間一段有一人一舟，車頭車尾擠得像沙丁魚。大家配合着，無人抗議。

站台上性感的海報女郎向乘客拋媚眼。女權運動組織大筆一揮，加上衣服或加上對白：「讓我自由！」「婦女們站起來！」

有一次碰上自言自語的瘋子，我不想打擾他，其實心裏也有點怕，唯有裝作若無其事，側臉瞪着烏黑一片的玻璃。豈料他非常敏感，竟然對着玻璃抱怨：「你為甚麼要在玻璃上看我？」嚇得我趕快下車。

又肥又粗心的非洲媽媽揹着小孩，小孩軟垂的頭隨着車速的節奏搖晃。後面一個幾乎站不穩的老太太用一隻手護着他，手掌與腦袋瓜子一直保持兩寸左右的距離，直至那懵懵然的母親下車。

擁擠的車廂，人人爭奪空間。一個小孩抱着大人的腿在吃餅乾。看見另一個小孩，悄悄的分一塊給他……

賞析

作者移居法國多年，對散文創作有一份執着，寫人、寫物、寫地方，不但精益求精，也常常表現出藝術家對精準的要求和相應的琢磨工夫。一些作家喜歡在文章裏運用大量的形容詞，繁複的事態不加整頓地排列出來；一些作家用詞精到，多用意象語言，人情事態力求具體，達到傳

神效果。本文作者顯然屬於後者。在這篇寫及巴黎地鐵的
「地上地下」裏，題材雖可說「順手拈來」，但在描繪巴黎地
鐵的特色時，作者不以斑斕的景象炫人耳目，卻用心指出
這個「地下世界」光怪陸離的現象。巴黎地鐵歷史悠久，它
與城市的地面街道形成兩個不同的網絡。但古老的巴黎不
得不追上時代步伐，地鐵就成為巴黎人的生活必需。

　　作者對巴黎地鐵的認識，是由逐漸摸索到細意體會，
最初是因地鐵員工罷工而被迫在「地上地下」到處走動，還
「不得不培養出一種奇異的樂觀」來應對生活的突變。她發
現地鐵「纏繞不休的地道，音響效果特別蕩氣迴腸」，也有
人在玩木偶戲，甚至把獨木舟搬進車廂。這種由物質發達
催生的交通工具，既包納了不同的城市人，也承載了城市
的負面生活。巴黎的風光固然值得欣賞，但走進地鐵，也
可以看到因戰爭而殘廢的乞討人、無家可歸的流浪漢，甚
或精神失常的人。在這裏，好的和壞的，合成了事物的整
體，也就是現實真象。對此，作者既不虛美也不苛詆，充
分表現了一個藝術家應有的寬廣見地。

* 本文輯自黎翠華《左岸的雨天》，頁 58-66。

惜物・外物

郞龔子

一

某個賒閒的日子，與朋友相約到旺角邊緣的一家商場餐廳吃午飯。回歸香港以後，一直居住和工作於城市外緣的近郊地區，十一年來安身於背山面海的清靜環境，平素不常進城。偶然與親人知己聚首，也盡可能選擇非周末的非繁忙時段，避開人潮喧嚷。

徐步走進商場，十一時許已經開始熱鬧。如常雲遊四海之際，忽然發現眼前豎立着一個數十呎高的機械人模型。圓形圍欄前的三面，襯托着二十多個矮小的真人，包括白叟黃童、慈母嬌兒等，家長們正在歡樂陶醉地安排孩童跟模型合照。我一瞥而過，沒有停下來細看機械人究竟代表甚麼商品或者節目宣傳，自然也不知曉它是否甚麼日本大帝國「動漫」、「靜漫」的忠奸角色，反正是一副色彩繽紛的醜陋相。我只能肯定，這大堆塗滿了顏色的發泡膠，到商業攻勢完結後便會被丟棄到垃圾堆填區，很難循環再用。

機械模型與否，其實每次踏足商場，多少都牽動類似的感

覺：物質爆炸、消費奢侈、欲望自役、價值扭曲等等。不單國際金融中心、置地廣場、圓方、太古廣場等高檔商場瀰漫着這種殺氣，就連中級以上的商場亦往往如此。

我生長於一個清寒的知識階層家庭，從小就跟隨母親養成樸儉的習慣。就家境來說，孩童年代的惜物是勢所必然，沒有甚麼學問或智慧可言。當時最深刻的意識，是母親依賴父親的半份薪水和大哥的一點補助，竭力維持十二口的生計，須要靠刺繡女紅來幫補衣食住行及兒女讀書所需。眼見母親處處捉襟見肘，本能上就覺得必須盡一分力，點滴協助節省家用。據母親敍述，我五、六歲時就委任自己為家中的電力總管，眼觀六路搬動小凳上落，替善忘的兄姊關上電燈，並且曉以大義。可是這些情景，我從來都記不起。

童年記憶中最早的片段，是母親偶然更換或添置家具的時候，我這個小學生就會拿着伸縮尺替她小心量度空位的尺寸。因為家居室小人多，可以斡旋的空間非常有限，而且舊式設計的平民大廈，房間頂部大都贈送凸出的石屎橫梁；家具的長闊高度上限，必須量得準確無誤。那是溫馨和自豪的日子，因為從小當上母親的助理，是相依中的相依，同時也在不自覺中培養出堅毅、應變力和責任感。母子同心，除了令親情和信任倍加深切外，也為我們贏得同一類型的稱號：她被明確地定位為「老孤」，我則被個別兄姊冠上類似「小孤」的流動諢名。「孤」

者，非帝王之稱謂；「孤寒」也。

<h2 style="text-align:center">二</h2>

香港式粵語口語中的所謂「孤寒」，其實是語言和觀念上的謬誤。「孤寒」的原義，指的是出身低微貧寒或者家境貧寒無依，與個人習慣或者風格無關。香港粵語口語中的「孤寒」，則在傳承轉化的過程中變成了「吝嗇」的代名詞。至於自己兒時的家中用語，更混入了「節儉」的意思在其內，例如把詞語動詞化地說「孤寒自己不孤寒人」。不過這項文字混淆和雜燴，卻引出另一個有意思的聯繫。試看《宋書‧王玄謨傳》中形容「劉秀之儉吝，呼為老慳」，就可以知道慳儉和吝嗇，很多時只在一線之差。

然而節儉和吝嗇一者見於對己，一者尤顯於待人，觀念上畢竟是兩回事。自古以來，「儉」就是中國文化價值中的基本美德之一。譬如《尚書‧太甲上》就說過「慎乃儉德，惟懷永圖」，孔穎達解釋為「言當以儉為德，思長世之謀。」（《尚書正義》）儉之為德，首先是因為物質資源到底有限，須要好好儲備保存，以實現個人的長遠計劃及個人以外的宏大謀略。所謂「積穀防饑」、「居安思危」等等，背後是相通的基礎道理。在古人的文章及論說中，以「儉」為元素的複合詞很多，例如「儉正」、「儉樸」、「儉易」、「儉固」、「儉恪」、「儉退」、「儉約」、「儉素」、「儉

恭」、「儉勤」、「儉靜」、「儉德」等等。

這並不代表大部分美德都跟儉有關；過分節儉可以失於拘謹局促。然而作為一種群體意義的道德，儉而「固」則易「正」，清心寡欲就沒那麼容易讓人賄賂污染；無怪三國劉劭把「儉固」和「清介廉潔」連在一起（《人物志‧體別》）。蘇軾無疑道出了這層社會及政治意義：「儉者，謂約己費省，不傷民財。」（〈謝除兩職守禮部尚書表〉）也就是說，約儉自己就不會傷害他人的資源，進而有餘力幫助困境中的需要者；為政者尤須謹記。

「吝嗇」的取向恰好相反，因為它正是指過分愛惜自己的財物，應當用而不用。早在《詩經‧唐風》中的〈山有樞〉篇，已經看到對守財奴「子有車馬，弗馳弗驅；宛其死矣，……他人入室」的諷刺，嘲笑他徒然守抱着財產，留待死後別人享用。這還只是就個人生活的範圍而言。由「儉不中禮」對待自己伸延為待人的態度，不難變成「無所餉遺」的「儉嗇」（《南史‧曹武傳》），甚至刻薄成性的「儉刻」。例如《南史‧朱脩之傳》就記其人「儉刻無潤，薄於恩情，姊在鄉里，飢寒不立，脩之貴為刺史，未曾供贍」，竟然連身處於飢寒的親人也置之不理。由吝嗇冷漠再進而剝削他人，當然更背離仁義厚德之道，弄得神憎鬼厭，自己的生命亦在一片「黑心」的籠罩中落得冷酷昏暗。

文學作品的刻畫中最有名的守財奴，大概要算十九世紀英國小說家狄更斯的《聖誕頌歌》（Charles Dickens, *A Christmas*

Carol）中的史古基（Ebenezer Scrooge）。刻薄成性的史古基在聖誕前夕，被已故生意夥伴及一眾鬼魂恐嚇，經過幾番教訓、啟示和悔疚，最終藉着仁愛的改造拯救了自己的生命。《禮記·禮運》中的「大同」理想，把人跟物質資源的關係說得清脆玲瓏：「貨，惡其棄於地也、不必藏於己；力，惡其不出於身也，不必為己。」財貨與人力，但求用得其所；建設及得益的對象，是天下而不是自己。能夠在信念和實踐上去除私心己欲，自然可以就事論事，公正不偏，使物盡其用，事歸其理，人得其助。生命以一己為起點，卻絕非以個人為終點。

三

我從小目睹的母親，就是一個自奉儉薄而待人厚道、清心寡欲而熱誠堅毅的模範。她原是中山一個小康家庭的掌上明珠，十八歲隻身南渡香港，一夜之間，生活環境變得孤苦伶仃。五、六十年代家境清寒之時，母親在飯桌上所吃的，多是兒女不愛吃或者不能妥善處理的食物，連魚鰭和咬碎的魚骨蝦殼也吞得下。如今她年逾古稀，肢體靈活，骨頭比幾個姊姊都結實硬朗得多。先父當教師，他的學生卻更親近師母。記得小時候有一次，一群畢業生到家裏探望父母，玩得興奮雀躍，母親便拿出四塊錢買了一盤蝦米腸粉，讓他們大快朵頤。那時候父親的月薪，按日算起來只有二十多塊。

直到今天，母親生活在兒孫繞室、衣食無缺的環境中，當兒媳白天工作之際，午飯時獨享的依舊是首選隔夜的剩菜殘羹。因為半生經歷的體會和恪守的原則，非溫飽所能動移。母親有一位七十年前教導過她的中學老師，如今獨居於香港，生活孤清，她就定時準備一些新鮮的菜餚，連同贈金親身送給老師，聊報一點昔日的恩義。數年前我託摯友替母親安排到公立醫院的專科作定期的預防性檢查，她就每次把一點獻贈放進東華三院的捐款箱。因為她知道，天下間有很多人比她更需要資源的幫助。

　　母親並非聖人。她自有其脾氣和偏愛（例如我就愧為受益者之一），對於個別課題間或會發牢騷，口吻偶爾銳利如大律師。她也擅長把平凡的兒孫選擇性地改編為典範人物，自我説服後進行重複表述，引以為傲，自得其樂。行事畢竟遠重於言語，而母親待人處事的起碼標準，無疑建立於寬厚仁愛、體貼盡心的基礎上。

四

　　默化母親身教的薰陶，翻思已是半生。在曲折的成長過程中，我身懸海外，寄跡三洲，踏過幾許風濤雨浪，生活和心思都隨着星霜雪月變得更素淡。我並不是一個完全反對物質文明的原始主義者；一台可靠合用的電腦，一點溫和的空氣調節，

都具有「工欲善其事，必先利其器」的實用價值。學生送給我的一部數碼照相機，更讓我留下了不少自然景象，多少為我開展另一個範疇的藝術體驗。然而佛陀以王子富貴之身，看破塵俗的物欲貪癡生死，正好說明古今的聖賢都提醒我們，物質愈無所待，精神愈逍遙自由。

對於衣食住行，我除了需要履行的責任外，早已有點心不在焉。學生偶然相邀，讓我選茶點菜的那份熱情和尊重，總變成回力鏢的苦差。每次遇到未經申請批核的衣履禮物空降，自己就得多費腦力，因為我寧願繼續穿著父親和岳丈留下來的遺物，把新的物件轉贈他人，好讓物盡其用。摩爾《烏托邦》（Thomas More, *Utopia*）中的居民都穿著一式一樣的工人服裝，寬鬆耐用，簡單省事。即使認為如斯政策極端而單調，但人始終只有一個身軀一雙腳，哪裏用得着三十件襯衫和十多雙鞋？《莊子》不是早就說過「外物不可必〔然執固〕」，聖人由「外天下」而「外物」，再進而「外生」嗎？（〈外物〉、〈大宗師〉）超脫於物欲之外，正是「心齋」、「逍遙」、「無己」、「齊物」的過渡階段。

自己這二十年來的心路歷程，母親已經不大清楚。她喜歡讀我的詩詞，我卻不能期望她看通莊周和東坡跟我的關係。她依舊拿着雙重標準，勸我不要對自己太儉薄。設若憑理性駕馭形體的欲望而以惜物為目標，克己也許會包含一份磨練的刻苦；假如心已外物，就不存在刻苦的課題。一位知己有時喜歡

戲謔我：「你無論掙一萬或者一百萬，還是那個老土相。」我聽了心裏感激，雖然她的說話只道出事情的一角。因為薪金相對豐厚，可以承擔的責任和輔助的事情就比較多。我感激目前的工作，它把無待酬勞的興趣轉化為有酬勞的職務，讓我清靜素淡地安身立命，兼顧治學寫作和個人以外的一點責任。

「惜物」是價值觀念；「外物」但如行雲流水，心合自然。兩者之間的關係，我沒有刻意向母親多作解釋，反正大多數母親早已對子女有固定的看法，何況並非每個人都對莊子感興趣。孔子說過「人不知而不慍」，「不怨天，不尤人」，因為道在心中，「知我者其天乎」（《論語‧學而》、《論語‧憲問》）。禪宗六祖慧能更提醒人「莫聞吾說空，便即著空，第一莫著空」（《壇經‧般若品》）。連「空」的境地也不能執着，何況是人間的了解？我只知道自己的內心精神，源於母親的賜予和孕育；浮生中的滄桑和體會，是天道的因緣。外物原不是高深的哲學境界；它是人性具有的安靜淳樸，心靈的本相之一。

賞析

假如說現代散文應是「言志」之器而非「載道」之具，需要補充的是：「言志」不過是作家個性相對地顯明，而不在於對有益人心的主張噤口不言。有人更進一步提出「言別人之志」和「載自己之道」的分別。要之，「載自己之道」

無可厚非，問題在於個性是否彰顯、風格是否有感染力，又或其所載「道」是否有足夠的説服力。

讀了〈惜物‧外物〉，也許讀者還停留在「環保的迫切性」、「慳儉是美德」等意識層面，而忽略了作者不斷以生活現象、個人成長歷程、歷代哲人的話語來剖析他對擁有物質所抱持的觀念。作者生於中等家庭，自幼受母親身教，懂得「半絲半縷，恆念物力維艱」的生活原則，更因年輕留學時看慣外邦人奢侈的作風，警惕自己要有惜物之心。作者更援引莊子「外物」之説，以解釋外在事物非由我控制，因此不要蓄意浪費和爭奪，並由此成為個人的修養。在表揚「惜物」之餘，作者更辯解它與「吝嗇」的分別，以及儉嗇待人和自我節儉的不同。

從寫作態度看，〈惜物‧外物〉是一服警誡消費社會惡習的苦口良藥，也是一盞照亮人生路向的明燈，雖然也是道理，但保持「言自己之志」的底氣，取得少數志同道合者的肯首，使人想起郁達夫寧願「作一個忠於自己的愚夫」也不寫媚俗文章，不甘斷送了作家應有的職志。

* 本文輯自鄺龑子《烟雨閒燈》，頁 63-72。

跋

　　二十年來，「匯智」一直致力出版優秀的香港文學作品，當
中有散文、有小說、有劇本、有新詩、有詩詞，累計起來，已
超過百種。

　　若仔細計算，散文集一定出版得最多，約五十多種 (詳見
〈「匯智」散文集一覽表〉)。除「量」外，如以「質」論，散文方
面的出版成績也最突出，且曾獲不少獎項，例如《灰闌記》、《蝦
子香》、《梅花帳》、《絢光細瀧》都先後獲得「香港中文文學雙年
獎」散文組首獎，而《持花的小孩》、《隱指》也曾獲「雙年獎」散
文組推薦獎。

　　時間匆匆過去，驀然回首，有些散文集仍在書架上佔一席
位，但有些卻已售罄多時。

　　適值今年是出版社成立二十周年，我們特意邀請陳德錦兄
編一本散文選集，以作為我們多年來在散文出版方面的一次檢
閱。

　　陳兄既是著名作家，也精於散文評論。今次，他以散文家
的眼光，在芸芸「匯智」的散文作品中，挑選部分精彩文章，

合為一集。書中，除重刊原文外，在每篇文章後還有他的「賞析」；「賞析」簡明扼要，論述精闢，清楚點出各篇文章值得欣賞之處。

感謝陳兄勞心勞力，幫忙編成這本選集；這是「匯智」二十周年呈獻的一份小禮物，希望大家喜歡。

羅國洪

匯智出版有限公司

主責編輯

「匯智」散文集一覽表（1998-2018）

書名	作者	出版日期
好雨無聲	劉慶華	2000 年 3 月
綠滿東樓	陸秀娟	2000 年 10 月
書窗內外	吳淑鈿	2000 年 12 月
佯看羅襪	朱少璋	2001 年 5 月
飛鴻踏雪	劉慶華	2001 年 6 月
彩店	胡燕青	2001 年 7 月
我走過書桌的曠野	胡燕青	2001 年 8 月
邯鄲記	潘步釗	2002 年 10 月
山水之間	王良和	2002 年 10 月
青山綠半窗	劉慶華	2002 年 10 月
對話無多	麥樹堅	2003 年 5 月
身外物	陳德錦	2004 年 6 月
歲月如煙	黃秀蓮	2004 年 7 月
小屋大夢	王　璞	2005 年 12 月
聽濤見浪	麥華嵩	2006 年 6 月
情陷大磡村	鄭鏡明	2006 年 8 月
持花的小孩	劉偉成	2007 年 4 月

*獲第十屆香港中文文學雙年獎散文組推薦獎

灰闌記	朱少璋	2007 年 5 月

*獲第十屆香港中文文學雙年獎散文組首獎

歲月玲瓏	崔妙姍	2007 年 10 月
九個城塔	秀　實	2008 年 6 月
魚話	王良和	2008 年 12 月
眸中風景	麥華嵩	2008 年 12 月
目白	麥樹堅	2009 年 6 月
午後公園	呂永佳	2009 年 6 月
畸形的地球先生	李志清	2010 年 7 月
隱指	朱少璋	2010 年 10 月

*獲第十一屆香港中文文學雙年獎散文組推薦獎

美哉少年	潘步釗	2010 年 10 月
烟雨閒燈	鄺龑子	2010 年 11 月
出走	善　喻	2012 年 4 月
翅膀的鈍角	劉偉成	2012 年 8 月
蝦子香	胡燕青	2012 年 9 月

*獲第十二屆香港中文文學雙年獎散文組首獎

小字雙行	朱少璋	2012 年 11 月
隔岸留痕	鄺龑子	2012 年 12 月
左岸的雨天	黎翠華	2013 年 3 月
雲淡風清	吳碩駿	2013 年 4 月
常夜燈	吳淑鈿	2013 年 5 月
寫在窗框的詭話	張美君	2013 年 6 月

文學・香港	羅國洪、陳德錦（編）	2013 年 12 月
師心童心	曹綺雯	2014 年 5 月
梅花帳	朱少璋	2014 年 11 月

*獲第十三屆香港中文文學雙年獎散文組首獎
*獲第二屆「金閱獎」文史哲類最佳書籍獎

女馬人與城堡	王良和	2014 年 12 月
尋夢者	黎翠華	2016 年 3 月
絢光細瀧	麥樹堅	2016 年 4 月

*獲第十四屆香港中文文學雙年獎散文組首獎

風雨蕭瑟上學路	黃秀蓮	2016 年 6 月
物微緣重	陳寶珍	2016 年 12 月
黑白丹青	朱少璋	2016 年 12 月
師生之間	鄺龑子	2016 年 12 月
惡童處	李紹基	2017 年 5 月
傳家之寶	潘步釗	2017 年 10 月
李斯文章	何福仁	2017 年 10 月
記憶停留的地方	劉偉唐	2018 年 1 月
呢喃	陳　芳	2018 年 5 月
香港・人	羅國洪、朱少璋（編）	2018 年 7 月
回首——匯智散文二十年選	陳德錦（編）	2018 年 7 月

（截至 2018 年 7 月）

作者簡介

王良和，原籍浙江紹興，在香港出生。香港中文大學榮譽文學士，香港大學哲學碩士，香港浸會大學哲學博士，現任香港教育學院文學及文化學系副教授。曾獲第六屆和第八屆「中文文學創作獎」新詩組冠軍、第二屆「香港中文文學雙年獎」新詩組首獎及散文組推薦優秀獎、第七屆及第十三屆「香港中文文學雙年獎」小說組首獎。曾於「匯智」出版評論集《打開詩窗——香港詩人對談》、《余光中、黃國彬論》，詩集《時間問題》，散文集《山水之間》、《魚話》、《女馬人與城堡》，短篇小說集《破地獄》。

王璞，生於香港，長於內地。上海華東師大文學博士。1989年定居香港。先後做過報社編輯和大學教師。2005年辭去大學教職，專事寫作。其長篇小說《補充記憶》獲香港天地圖書第一屆長篇小說獎季軍，另一長篇小說《么舅傳奇》獲天地圖書第二屆長篇小說獎冠軍、第六屆香港中文文學雙年獎小說獎。曾於「匯智」出版《怎樣寫小說——小說創作十二講》，散文集《小屋大夢》，長篇小說《家事》、《貓部落》。

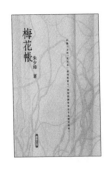

朱少璋，香港作家，現職香港浸會大學語文中心高級講師。《告別下雨天》(小說) 入選香港教育專業人員協會「十本好書」之一，《燕子山僧傳》(傳記文學) 入選香港康文署「十本好書」之一，《小蘭齋雜記》(文獻整理) 獲第十屆「香港書獎」。散文作品多次獲獎：《灰闌記》(第十屆中文文學雙年獎)、《隱指》(第十一屆中文文學推薦獎)、《梅花帳》(第十三屆中文文學雙年獎、第二屆香港金閱獎)。曾於「匯智」出版《說亮話》、《聆聽學》、《規矩與方圓——從經典作品學習寫作》、《魚雁志——應用文措辭例話及文化趣談》、《海上生明月——侯汝華詩文輯存》等書。

吳淑鈿，出生及長大於澳門，國立台灣師範大學國文系畢業，香港大學中文系哲學博士，香港浸會大學中文系榮譽教授。曾於「匯智」出版散文集《書窗內外》、《常夜燈》。

呂永佳，香港浸會大學中文系哲學博士。曾獲中文文學雙年獎、中文文學創作獎、大學文學獎、青年文學獎、城市文學創作獎及李聖華詩獎。文學雜誌《月台》創辦人之一，香港電影評論學會成員。曾於「匯智」出版詩集《無風帶》、散文集《午後公園》。

秀實，原名梁新榮，香港詩歌協會會長。多次擔任各項詩獎評審。曾於「匯智」出版散文集《九個城塔》，詩集《昭陽殿紀事》、《假如你坐在對面》。

胡燕青，畢業於香港大學文學院，修中、英文。退休前任香港浸會大學語文中心副教授，設計並教授文學創作科目。三度獲得香港浸會大學頒發的校長杯傑出表現獎。目前為國際基督教機構聖經課程翻譯編輯，創作發表於香港各大文學雜誌。已出版十本個人詩集，十二本散文集，兩本短篇小說集，數本閱讀隨筆，二十多本少年兒童文學作品。曾獲兩項中文文學創作獎冠軍；兩項基督教湯清文藝獎；兩部短篇小說集入選「中學生好書龍虎榜」十本好書；2016 年度香港金閱獎；三項中文文學雙年獎首獎。曾於「匯智」出版散文集《彩店》、《蝦子香》，詩集《夕航》、《無花果》，短篇小說集《好心人》等。

張善喻，筆名善喻，香港土生土長，曾留學英、美、加，現任香港大學法律系教授。作品曾獲青年文學獎，也散見於《城市文藝》、《大頭菜》等刊物。曾於「匯智」出版散文集《出走》。

陳德錦，1958 年生於澳門，曾任教於嶺南大學中文系，現專事寫作。曾任《新穗詩刊》主編及編著《香港當代詩選》。著有詩集、散文集多種，散文集《愛島的人》獲第三屆中文文學雙年獎散文組首獎。在「匯智」曾出版散文集《身外物》、詩集《疑問》(獲第八屆中文文學雙年獎新詩組推薦獎)、長篇小說《盛開的桃金孃》(獲第九屆中文文學雙年獎小說組推薦獎)、短篇小說集《獵貓者》(獲選為第二十九屆「中學生好書龍虎榜」十本好書)、詩歌評論集《情之理意之象》。

陳寶珍，土生土長香港作家。畢業於香港中文大學聯合書院及研究院，曾任教於香港浸會大學中文系。作品《找房子》獲第一屆香港中文文學雙年獎。曾於「匯智」出版散文集《物微緣重》、短篇小說集《改寫神話的時代》。

麥華嵩，香港長大，刻下居於英國。大學畢業後愛上寫作，主要寫小說、散文和藝術評賞。現為英國劍橋大學商學院副教授。曾於「匯智」出版散文集《聽濤見浪》、《眸中風景》，短篇小說集《浮世蜃影》，長篇小說《回憶幽靈》、《繆斯女神》、《死亡與阿發》、《天方茶餐廳夜譚》，以及音樂著作《永恒的瞬間──西方古典音樂小史及隨筆》。

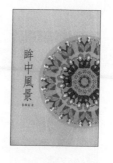

麥樹堅，香港浸會大學中國語言文學系畢業，現為大學講師。曾於「匯智」出版散文集《對話無多》、《目白》、《絢光細瀧》，詩集《石沉舊海》，合編《起點》和《途上》。《絢光細瀧》獲第十四屆中文文學雙年獎散文組首獎。

黃秀蓮，廣東開平人，香港中文大學崇基學院畢業。專欄作者，中文大學圖書館「九十風華帝女花──任白珍藏展」策展人。曾獲中文文學創作獎及中文文學雙年獎散文組獎項。文章〈膝行〉、〈上環古韻〉、〈追蹤白海豚〉、〈最憶大牌檔〉獲選入中學中國語文教科書。曾於「匯智」出版散文集《歲月如煙》、《風雨蕭瑟上學路》。

劉偉成，香港土生土長，畢業於香港浸會大學人文學系，現職出版經理，亦為香港浸會大學兼任導師（教授寫作、編輯與出版的技巧），現正攻讀博士學位。曾獲多屆青年文學獎、香港中文文學創作獎獎項。2017 年獲邀赴美參加愛荷華大學的國際作家工作坊。曾於「匯智」出版散文集《持花的小孩》（獲香港中文文學雙年獎散文組推薦獎）、《翅膀的鈍角》，以及詩集《陽光棧道有多寬》（獲香港中文文學雙年獎新詩組首獎）。

潘步釗，廣東梅縣人，香港出生。香港浸會大學文學士、中山大學文學碩士、香港大學中文系哲學碩士及博士。曾任課程發展議會中國語文教育委員會主席、香港考試及評核局中學文憑試中國文學科科目委員會主席。現職中學校長。創作以散文及新詩為主。曾於「匯智」出版散文集《邯鄲記》、《美哉少年》、《傳家之寶》，詩集《不老的叮嚀》，書評集《讀書種子》，以及《脂粉與顏色──散文寫作技巧談》等書。

鄭鏡明，香港出生，香港中文大學傳播學碩士。曾任職香港電台、亞洲電視、《亞洲週刊》等機構，又曾任《星島日報》副執行總編輯、《讀者文摘》資深編輯。詩及散文刊於《香港文學》、《詩網絡》、《文學世紀》等。曾任「中文文學獎」、「青年文學獎」、「網上文學創作比賽」、「工人文學獎」評判。曾於「匯智」出版散文集《情陷大嶼村》、短篇小說集《共剪西窗燭》、長篇小說《連島沙洲》、詩集《二十四味》(獲選為第十八屆「中學生好書龍虎榜」十本好書)。

黎翠華，香港出生，法國國立東方語言文化學院碩士。1979年獲第六屆青年文學獎新詩組優異獎。1987年獲市政局中文文學創作獎小說組首獎。1988年獲台灣中央日報短篇小說佳作獎。2003年獲第七屆香港中文文學雙年獎散文組推薦獎。近年創作多發表於《香港文學》、《香港作家》及《文學世紀》等期刊。曾於「匯智」出版散文集《左岸的雨天》、《尋夢者》，以及短篇小說集《記憶裁片》(獲第十三屆香港中文文學雙年獎小說組推薦獎)。

鄺龑子，香港大學英文及比較文學系文學士、哲學碩士，牛津大學英文系哲學碩士，耶魯大學東亞語言及文學系文學碩士、哲學博士。曾在美國執教大學七年，現職嶺南大學中文系教授、翻譯系教授及哲學系兼任教授。曾於「匯智」出版散文集《烟雨開燈》、《隔岸留痕》和《師生之間》，以及古典詩詞集二十多種。

匯智出版二十周年紀念文集

香港‧人

羅國洪、朱少璋 主編

本書以「香港人物」為主題,由二十七位香港著名
作家執筆,為讀者刻畫各式各樣的香港人。書中
所寫的既有畫家、歌手或學者等城中名人,也有不
具名的牙醫、侍應或老闆,更有描寫親友的文章,
內容豐富。二十七位作家筆下不同年代以至不同
階層的人物在本書中一一亮相,都各具獨特的面貌
與性格,每一篇文章均展現作者個人的寫作風格與
敍事心思,值得讀者細味。

回首 —— 匯智散文二十年選

編　　者：陳德錦

封面設計：洪清淇

出　　版：匯智出版有限公司
　　　　　香港九龍尖沙咀赫德道2A首邦行8樓803室
　　　　　電話：2390 0605　　傳真：2142 3161
　　　　　網址：http://www.ip.com.hk

發　　行：香港聯合書刊物流有限公司
　　　　　香港新界大埔汀麗路 36 號中華商務印刷大廈 3 字樓
　　　　　電話：2150 2100　　傳真：2713 4675

印　　刷：陽光 (彩美) 印刷有限公司

版　　次：2018 年 7 月初版

國際書號：978-988-78987-1-9